Theodor von Heuglin

Systematische Übersicht der Vögel Nord-Ost-Afrika's

Anatiposi

Theodor von Heuglin

Systematische Übersicht der Vögel Nord-Ost-Afrika's

Unveränderter Nachdruck der Originalausgabe von 1856.

1. Auflage 2023 | ISBN: 978-3-38201-356-1

Anatiposi Verlag ist ein Imprint der Outlook Verlagsgesellschaft mbH.

Verlag: Outlook Verlag GmbH, Zeilweg 44, 60439 Frankfurt, Deutschland
Vertretungsberechtigt: E. Roepke, Zeilweg 44, 60439 Frankfurt, Deutschland
Druck: Books on Demand GmbH, In de Tarpen 42, 22848 Norderstedt, Deutschland

SYSTEMATISCHE ÜBERSICHT

DER

VÖGEL NORD-OST-AFRIKA'S

MIT EINSCHLUSS DER ARABISCHEN KÜSTE

DES

ROTHEN MEERES UND DER NIL-QUELLEN-LÄNDER

SÜDWÄRTS BIS ZUM IV. GRADE NÖRDL. BREITE.

VON

DR. TH. v. HEUGLIN,

GERANTEN DES K. K. ÖSTERR. CONSULATS FÜR CENTRAL-AFRIKA.

(Aus dem Februarhefte des Jahrganges 1856 der Sitzungsberichte der mathem.-naturw. Classe der kais. Akademie der Wissenschaften [Bd. XIX, S. 255] besonders abgedruckt.)

Systematische Übersicht der Vögel Nord-Ost-Afrika's, mit Einschluss der arabischen Küste des rothen Meeres und der Nil-Quellen-Länder südwärts bis zum 4. Grade nördl. Breite.

Von **Dr. Th. v. Heuglin**,

Géranten des k. k. österr. Consulats für Central-Afrika.

(Vorgelegt in der Sitzung vom 19. Juli 1855.)

Anm. Die mit * bezeichneten Arten sind in Rüppell's systematischer Übersicht der Vögel N. O. Afrika's nicht aufgenommen.

1. ORDNUNG. *RAPACES* (RAUBVÖGEL).

A. VULTURIDAE.

1. *Gypaëtos* (Ray) *meridionalis*, Keys. et Blas.

Rüppell, Syst. Übers. t. 1. — Heuglin, Beitr. t. 1. — Findet sich nicht selten paarweise und in grösseren Gesellschaften in den höheren Gebirgen von Arabien (Gebel - Serbal und Sinaï) und Abyssinien, und kommt ohne Zweifel auch in den nubischen Bergen und längs der Küste zwischen Suez und Sauakin vor. In Abyssinien fand ich ihn einzeln bei Gondar und auf den Hochebenen von Woggara, auf den Gebirgen von Simehn aber in so grosser Anzahl, dass ich in 7 Tagen acht Stücke erhielt und vielleicht ebenso viele andere angeschossene, die nicht verfolgt werden konnten, verlor. Er lebt hauptsächlich von Überresten von Schlachtvieh, nimmt aber auch im Nothfalle mit Aas vorlieb. — Dass der Bartgeier Ziegen und Schafe angreife — wie Rüppell sagt, — kann ich nicht bestätigen, blos ein einziger von mir untersuchter hatte Stachel-ratten gefressen, in dem Magen aller Übrigen fand ich Haut- und Knochenreste von Schlachtvieh.

Auch ist die Iris nicht „schön feuerroth" (Rüpp. Syst. Übers. S.3), sondern schmutzig-blassgelb mit sigellackrothem Ring am Rande. Heisst auf amharisch „Amora", arab. petr. Büdj (ﺢ).

Neophron (Savigny) *Percnopterus*, Linn.

Buff. Pl. enl. t. 407 u. 429. — Naumann. Vög. Deutschl. t. 3. — Susemihl. Vög. Europ. t. 4. — Heuglin, Beitr. t. 1 das Ei. — Ist sehr

häufig in ganz Nord - Ost-Afrika, aber nicht oder wenigstens sehr selten auf dem weissen Flusse. — Brütete während der Regenzeit — im Juli — 1852 in der Oasis El-Gab, westlich von Dongola auf Sunt-Bäumen und im Februar 1852 erhielt ich seine Eier auch bei Edfu in Ober-Ägypten angeblich von Felsgebirgen. Heisst auf arabisch „Rachem" (راخم oder رخام).

3. *Neophron pileatus*, Burchell.

Cathartes Monachus, Temm. Pl. color. t. 222. — Selten nördlich vom 15° n. B. Gemein in Kordofán, Sennaar und Abyssinien, oft in Gesellschaft mit dem Vorhergehenden. Die nackte Kopfhaut ist bei alten Vögeln glänzend violett. Ein gelblichweisses Gefieder, ähnlich dem des alten *N. Percnopterus*, ist mir nie bei dieser Art vorgekommen.

4. *Gyps* (Savigny) *fulva*, Linn.

Naum. V. D. t. 2. — Naum. Nachtr. t. 338. — Le Vaill, t. 10? — Gemein in Ägypten, Nubien und Abyssinien. Seine Heimath sind hauptsächlich kahle Felsgebirge, von wo aus er sich aber weit in den Ebenen verfliegt. In Simehn traf ich ihn über 11000 Fuss hoch noch an. In Kordofán und am weissen Flusse scheint er durch die folgende Art vertreten zu sein.

Anm. Alle grösseren Geier heissen auf arabisch „Nissr" (نسر).

°5. *Gyps Rüppellii*, Herzog Paul von Würtemberg. (?)

Rüpp. Atl. t. 32 als V. Kolbii. — In ebenen Gegenden und vorzüglich in Wäldern und mit Hochbäumen besetzten Steppen südlich vom 16—17° n. B. — Ich bin leider jetzt nicht im Stande die Unterscheidungskennzeichen beider Arten der *G. fulva* und *G. Rüppellii* genau angeben zu können. Die letztere ist constant grösser, hat immer einen horngelben Schnabel im Alter und ist nie so fahl rostgelb wie *G. fulva*, sondern dunkler und die schuppenförmige Zeichnung auf den Federrändern ist immer vorherrschend und mehr oder weniger deutlich ausgesprochen.

Ob der eigentliche *Vultur Kolbii* in Nord-Ost-Afrika vorkommt, kann ich nicht angeben. Ich besitze übrigens einen sehr grossen Geier aus Kordofán, der mit ersterer Art übereinzustimmen scheint.

6. *Gyps bengalensis*, Lath.

V. leuconotos, J. Gray, Ind. Zoolog. t. 14. — *V. moschatus*, Herz. Paul v. Würtemberg. — Einzeln in Kordofán, am blauen und weissen Fluss, häufig aber in Ost-Sennaar und West-Abyssinien.

7. *Vultur* (Linn.) *occipitalis*, Burchell.

Rüpp. Atl. t. 22. — Nicht selten im Sennaar, Abyssinien und am Bahr el abiad, aber nie in grossen Gesellschaften.

8. *Vultur cinereus*, Linn.

Naum. V. Deutsch. t. 1. — Descr. de l'Egypte Ois. t. 11. — Sehr selten als verirrte Vögel in Ägypten. Mir ist er dort blos einmal, im

October 1851, bei Beni-Suéf auf dem freien Felde sitzend, vorgekommen.

9. *Otogyps* (G. R. G r a y) *auricularis*, D a u d.

V. *aegipius* S a v i g n y. — V. *nubicus* G r i f f. — L e V a i l l. Ois. d'Afr.
t. 9. — In Ober-Ägypten und Nubien sehr gemein, seltener in Kordofán
und Sennaar, im Innern von Abyssinien nicht von mir beobachtet.

Die Hautfalte am Ohr ist bei den meisten Exemplaren ganz
unscheinbar, zeigt sich aber bei längerer Gefangenschaft mehr und
mehr. Doch sind mir auch freie Vögel vorgekommen, bei welchen diese
sehr deutlich ausgesprochen und über 2″ lang war.

B. FALCONIDAE.

10. *Buteo* (B r i s s.) *vulgaris*, B e c h s t.

B u ff. Pl. enl. t. 419. — N a u m. V. D. t. 32 und 33. — Von mir blos
einzeln im Winter in Ägypten beobachtet, nach Dr. R ü p p e l l „überall
in N. O. Afrika. "

*11. *Buteo minor*. H e u g l.

F. *Tachardus*. S h a w (?) — Gleicht dem F. *Buteo* in Färbung voll-
kommen; ist aber schlanker und wenigstens um ¼ kleiner; das grösste
Weibchen meiner Sammlung ist 1′ 5″ lang. — In Nubien, Fazoglo und Abyssinien aber sehr einzeln.

12. *Buteo Augur*, R ü p p.

R ü p p. N. Wirbelth. t. 16 und 17. — Häufig in Abyssinien mit
Ausnahme der niederen Districte; auch ist er mir in W.-Abyssinien,
d. h. westlich vom Tana-See blos ein einziges Mal vorgekommen. In
Simehn geht er bis auf 11000′ Höhe. Variirt zuweilen ganz schwarzbraun.

13. *Buteo rufinus*, R ü p p.

R ü p p. Atl. t. 27. — *Butaëtos leucurus* G m e l. (?) — Einzeln in
Ober-Ägypten und Nubien, häufig in Ost-Sennaar.

14. *Aquila* (B r i s s.) *imperialis*, B e c h s t.

Deser. de l'Egypt. t. 12. — N a u m. V. D. t. 6 u. 7. — T e m m. Pl. col.
t. 151 und 152. An den Seen Unter-Ägyptens im Winter gemein, einzeln in
Ober-Ägypten, namentlich bei Siut, Monfaluth etc., ebenso in Abyssinien.

*15. *Aquila Chrysaëtos*, L i n n.

A. *fulva*, Auct. — Naum. V. D. t. 8 und 9. — Einzeln im
Herbste im peträischen Arabien gefunden, vielleicht auch in Abyssinien.
(Kommt auch in der Umgebung von Tunis vor.)

*16. *Aquila naevioides*, C u v.

C u v. Thierr. v. Voigt. S. 374. Anm. — Selten in Abyssinien und
Ost-Sennaar.

17. *Aquila naevia*, Linn.

Descr. de l'Egypt. t. 2, f. 1. — Naum. V. D. t. 10 u. 11. — Naum. Nachtr. t. 343. — Sehr gemein an den grossen Seen in Unter-Ägypten. Im März und October in ganz N. O. Afrika auf der Wanderung, oft sogar in kleinen Gesellschaften bis zu 10 Stücken. Die Varietät *A. clanga* (Pall. et Naum.) ist so häufig als die wahre *A. naevia*.

Anm. Diese, wie die folgenden Adler-Arten heissen im Sudan „Saqr - el - arnab" (صقر الارنب).

18. *Aquila rapax*, Temm.

Temm. Pl. col. t. 455. — Rüpp. N. Wirbelth. t. 13. — Sehr gemein südlich vom 15° N.B. Der von Rüppell als *A. albicans* beschriebene Raubadler ist mir blos auf den Bergen von Simehn in weisslichem Kleide vorgekommen.

***19. *Aquila substriata*, Heugl.**

Nicht sehr selten bei Doka und Galabat (in Ost-Sennaar) im Winter. Hält sich blos in der Waldregion auf.

***20. *Aquila isabellina*, Heugl.**

Sehr einzeln auf den abyssinischen Gebirgen (Woggara).

***21. *Aquila Bonellii*, Temm.**

Temm. Pl. color. t. 288. — Naum. V. D. Nachtr. t. 341. — Einzeln im Winter an den Seen von Unter-Ägypten.

22. *Aquila pennata*, Lath.

Temm. Pl. col. t. 33. (?) — Naum. V. D. Nachtr. t. 343. (?) — Ich glaube kaum dass der ägyptische Zwerg-Adler identisch sei mit dem europäischen, da die meisten Naturforscher angeben, dass bei Letzterem die zusammengelegten Flügel die Schwanzspitze erreichen oder überragen. In Färbung gleichen die nordafrikanischen vollständig dem europäischen, der von Temm. (Pl. col. t. 33), Brisson (Ornith. Vol. 6. Append. p. 22, t. 1), Brehm etc. abgebildet ist; auch kommt er hierin zuweilen mit Brehm's *A. minuta* (kaffebraun, mit weissem Schulterfleck und sogar auch ohne dem letzteren) überein, immer aber ist beim nordafrikanischen die Schwanzspitze viel länger ($1\frac{1}{2}$ bis $2\frac{1}{2}''$) als die zusammengelegten Flügel und der Vogel überhaupt kleiner. Bestätigt sich der letztere als neue Art, so schlage ich für ihn den Namen *A. longicaudata* vor und für den jedenfalls von beiden verschiedenen südafrikanischen Zwerg-Adler, der, wenn ich nicht irre, von Susemihl als *A. pennata* abgebildet worden ist. *A. gymnopus*. Unsere *A. longicaudata* ist sehr gemein vom März bis October in den Dattelwaldungen der sogenannten „Scherkieh" und in Unter-Ägypten überhaupt. Auf dem Striche beobachtete ich ihn längs des Nils bis zum 14° N. B.

23. *Aquila (?) vulturina,* D a u d.

Le Vaill. Ois. d'Afr. t. 6. — *A. Verreauxii,* L e s s. — Paarweise in den höheren Gebirgsgegenden von Abyssinien und Schoa. Am häufigsten traf ich ihn in den Quellenländern des Takasseh. Doch erhielt ich auch ein Exemplar vom Mareb.

24. *Spizaëtos* (V i e i l l.) *occipitalis,* D a u d.

Le Vaill. Ois. d'Afr. t. 2. — Sehr gemein am Bahr el abiad, asrak und in Abyssinien. Er liebt baumreiche Chore, findet sich aber auch zuweilen in den Steppen-Landschaften. Nicht selten habe ich Fische in seinem Magen gefunden.

***25.** *Spizaëtos leucostigma,* H e u g l.

Heugl. Beitr. t. 2. — Paarweise am Mareb, dem blauen Flusse bis Fazoglo und in den Steppen um Galabat.

***26.** *Spizaëtos bellicosus,* A. S m i t h. (?)

Ein dieser Art jedenfalls sehr nahe stehender Raubvogel, ist — angeblich aus Nubien stammend, — im vice-königlichen Naturalien-Cabinete zu Qassr-el-aïn bei Kairo aufgestellt. Ich vermuthe, dass er durch eine der Expeditionen auf dem weissen Flusse eingesammelt wurde.

27. *Circaëtos* (V i e i l l.) *brachydactylus,* W o l f.

Na u m. V. D. t. 15. — Im Februar, März und October häufig in kleinen Gesellschaften und einzeln auf der Wanderung längs des Nils. Überwintert in der tropischen Waldregion, wo, wie es scheint, auch einzelne zurückbleiben, indem ich z. B. Mitte Mai 1853 in Ost-Sennaar noch einen erlegte. Nach Rüppell's Beobachtungen kommt er auch in Arabien vor.

28. *Circaëtos thoracicus,* C u v.

C. pectoralis, A. S m i t h. — Häufig in Abyssinien und den Bergen von Fazoglo, einzeln in Ost-Sennaar, am Bahr el abiad und in Kordofán. Ein Exemplar schoss ich im August 1852 auf der Insel Argo in Dar-Dongola.

29. *Circaëtos fasciatus,* H e u g l.

Vom Herbst bis zum Frühjahr von mir im Süden von Kordofán, in den Steppen von Sennaar und längs des Dender und Rahad beobachtet.

30. *Circaëtos cinereus,* V i e i l l.

C. funereus R ü p p. N. Wirbelth. t. 14. — Nach R ü p p e l l zufällig in Abyssinien. Ich traf diesen Vogel einmal in der Kolla von W.-Abyssinien und am blauen Flusse bei Sennaar an. Beide Individuen weichen von der R ü p p e l l'schen Beschreibung aber darin ab, dass die Schwanzbinden vom r e i n s t e n Weiss und nicht „r o t h g r a u" gefärbt sind.

***31.** *Circaëtos zonurus,* Herzog Paul v. Würtemberg.

Heugl. Beitr. t. 3. — Vom Herzog P. von Würtemberg, wenn ich nicht irre, ein Exemplar in Kamamil eingesammelt. Ich erhielt von diesem schönen Schlangenadler bis jetzt fünf Individuen vom blauen und weissen Fluss.

32. *Haliaëtos* (Savigny) *Albicilla,* Linn.

An den unterägyptischen Seen wohnt ein weissschwänziger See-Adler, der vielleicht vom nordischen verschieden oder wenigstens constante klimatische Varietät ist. Der alte Vogel ist nämlich ganz aschgrau und die weissen Schwanzfedern, namentlich die äussern, sind auf der Aussenfahne bräunlich bespritzt. Auch dürfte er im Allgemeinen etwas kleinere Proportionen haben. Er heisst bei Damiette „Óqab" (عقاب) oder „Schometta" (شمّة) und brütet dort auf zusammengebrochenen Rohrstengeln in *Arundo Donax* etc. — Sollte er sich als neue Art constatiren, so schlage ich den Namen *Haliaëtos cinereus* für ihn vor.

33. *Haliaëtos vocifer,* Le Vaill.

Le Vaill. Ois. d'Afr. t. 4. — Häufig am weissen und blauen Fluss, am Dender und Rahad und an den abyssinischen Gewässern. Auf arabisch „Abu Tok" (ابو توك).

34. *Pandion* (Savigny) *Haliaëtos,* Linn.

Buff. Pl. enl. t. 414. — Naum. V. D. t. 16. — Im Winter gemein in Ägypten, am rothen Meer, auf dem Bahr el abiad, dem Atbara etc. Ich kann nicht bestimmt angeben, ob er im Sommer hier bleibt oder wegzieht, in letzterem Falle kommt er aber früh in den Süden und zieht spät im Frühjahre wieder fort. Ob *Pandion albicollis,* Brehm aus N. O. Afrika eine eigene Art oder blos Subspecies ist, kann ich nicht angeben.

35. *Helotarsus* (Smith) *ecaudatus,* Daud.

Le Vaill. Ois. d'Afr. t. 7 oder *H. fasciatus* (?). — Ziemlich gemein in Kordofán, Sennaar und Abyssinien, häufig aber in den Steppen und Gebirgen von O.-Sennaar, z. B. auf Gebel-Atesch. Dort heisst er „Saqr-el-arnab" oder Hasen-Falke, in Kordofán „Saqr-el-hakím", in Abyssinien der Himmels-Affe: „Hevei Sammai." Von den von Le Vaillant beschriebenen sonderbaren Bewegungen im Fluge habe ich viel gehört, aber sie nie selbst beobachten können; wahrscheinlich zeigt er sie blos zur Paarungs-Zeit.

36. *Helotarsus leuconotos,* Herzog Paul v. Würtemberg.

Nach Rüppell in Sennaar. Ich zweifelte lange an der Existenz dieser zweiten *Helotarsus*-Art und hielt sie für Varietät des Vorhergehenden, wogegen die Thatsache spricht, dass ich im November 1853 ein Paar dieser Vögel bei Woad-Schelay am Bahr el abiad beobachten konnte. Die Rückenfarbe ist vom reinsten Weiss. der Grund der Federn aber schön morgenroth. Dieselbe Art kommt auch in der Cap-Landschaft und am Senegal vor.

* 37. *Falco Subbuteo*, Linn.

Naum. V. D. t. 26. — Einzeln im Winter in Unter-Ägypten. Ein Exemplar, dessen Identität mit dem echten Baumfalken aber noch nicht erwiesen ist, wurde im August 1852 bei Dongola erlegt.

Anm. Die Falken heissen auf arabisch „Saqr" (صقر) und „Bäs" (باز), auf amharisch „Géte-Géte".

* 38. *Falco Eleonorae*, Géné.

Géné, Memor. della R. Accad. di Torino 1840. T. II. t. 1 et 2. — Susemihl, Naturgesch. der Vögel Europa's t. 9, und t. 53 u. 54. — Ch. Bonap., Icon. della Fauna Ital. I. t. 24. — *F. arcadicus*, Lindermayer (?) — Einzeln in Ober-Ägypten und Nubien, am blauen Fluss, häufiger auf einzelnen Inseln des rothen Meeres.

39. *Falco ruficollis*, Swainson.

F. ruficapillus, Herz. Paul v. Würtemberg, t. 6. — Swainson Birds of Western Afr. t. 2. — Heugl. Beitr. t. 6, f. 1 und 2. Nicht aber *F. Chiquera*, Le Vaill. t. 30 und Gould Birds of Himalaya. — Selten in Abyssinien, einzeln auf dem Bahr el abiad, gemein auf dem blauen Flusse von Woled Medineh südlich bis Fazoglo; vorzüglich auf Doléb-Palmen.

* 40. *Falco Horus*, Heugl.

Heugl. Beitr. t. 9. — Sehr selten in Ägypten und Nubien in Sandwüsten und auf kahlen Felsgebirgen.

41. *Falco peregrinus*, Linn.

Buff. Pl. enl. t. 430. — Naum. V. D. t. 24 und 25. — Häufig an den Seen Unter-Ägyptens und längs des Nils bis Nubien. Einzeln in Abyssinien. Unterscheidet sich vom europäischen dadurch, dass die Querbinden, namentlich auf der Befiederung der Tibia, nicht so dicht stehen und nicht so deutlich ausgesprochen sind. Heisst wie die drei nächstfolgenden auf arabisch „Saqr".

42. *Falco peregrinoides*, Temm.

Temm. Pl. color. t. 479. — Seltener in Ägypten, einzeln in Nubien und Sennaar.

* 43. *Falco lanarius*, Linn.

Naum. V. D. t. 23. — Einzeln in Unter-Ägypten, häufiger im Winter. Brütete im Mai 1851 auf der Pyramide des Cheops.

44. *Falco cervicalis*, Licht.

Heugl. Beitr. t. 4, f. 1 und 2. — *F. Osiris*, Herz. Paul v. Würtemberg (?) — *F. rubeus*, Alb. Magnus (?) — Lebt vorzüglich in der

Wüste auf kahlen Felsgebirgen, seltener auf Dattelpalmen am Nil. In
Ägypten, Nubien, Kordofán und Abyssinien.

*45. *Falco Feldeggii*, Schlegel. (?)

Heugl. Beitr. t. 4, f. 3. — Einzeln in Ägypten und Nubien.

46. *Falco Aesalon*, Gmel.

Buff. Pl. enl. t. 447. — Naum. V. D. t. 27. — Im Winter ziemlich
gemein in Ägypten. Bleibt oft bis Ende Mai.

*47. *Falco concolor*, Temm.

Temm. Pl. color. t. 330. — Swainson, Birds of Western Afr. t. 3. —
Falco ardosiacus, Vieill. — Ziemlich einzeln in Sennaar, Fazoglo und
Abyssinien. In Amhara erhielt ich ihn am Tana-See und im Takasseh-
Quellen-Land, in Tigréh vom Mareb. Selten längs des weissen Flusses.

48. *Falco rufipes*, Besecke.

Buff. Pl. enl. t. 431. — Naum. V. Deutschl. t. 28. — Sturm, Fauna
Deutschl. t. 1 und 2. — In manchen Jahren im Frühjahr und Herbst in
zahlreichen Flügen, sonst einzeln längs des Nils bis Chartum beobachtet.
Nach Rüppell einzeln in Arabien.

49. *Falco frontalis*, Daud.

Le Vaill. Ois. d'Afr. t. 35 (?) — In der Sammlung Sr. k.
Hoheit des Herzogs Paul W. v. Würtemberg befindet sich ein Exemplar
aus Sennaar.

50. *Falco (Tinnunculus*, Briss.*) Tinnuculus*, Linn.

Buff. Pl. enl. t. 401 und 471. — Naum. V. D. t. 30. — Gemein
in ganz N. O. Afrika. Sehr häufig im Winter.

*51. *Falco (Tinnunculus) Alopex*, Heugl.

Heugl. Beitr. t. 8. — Blos auf Felsgebirgen bei Doka in Ost-Sennaar,
Wochni in West-Abyssinien beobachtet.

52. *Falco (Tinnunculus) Cenchris*, Naum.

F. Tinnunculoides. Natt. — Naum. V. D. t. 29. — Stor. degli Uccelli.
t. 25. — Sehr gemein in grösseren Gesellschaften im Frühjahr um Alexandria, wo er in Mauern brüten soll. Einzeln in ganz N. O. Afrika angetroffen.

53. *Falco (Tinnunculus) rupicola*, Daud.

Le Vaill. Ois. t. 35. d'Afr. — Häufig in ganz N. O. Afrika. Rüpp.

*54. *Falco castanonotos*, Heugl.

Heugl. Beitr. t. 7. (Vielleicht *F. semitorquatus*, Andr. Smith, Ill.
of South-Afr. t. 1.) Sehr selten am Bahr el abiad zwischen dem 4 und 6° N.B.

55. *Pernis* (Cuv.) *apivorus*, Linn.

Buff. Pl. enl. t. 420. — Naum. V. D. t. 35 u. 36. — Nach Rüppell
„häufig in Ägypten und Arabien". Mir ist er in keinem der beiden Länder, überhaupt nie in N. O. Afrika vorgekommen.

*56. *Chelidopterix Riocourii.* Vieill.

Temm. Pl. col. t. 85. — Ich habe diesen Vogel nie selbst erlegt, aber in den Steppen von Kordofán und Ost-Sennaar öfter beobachtet, so dass ich glaube, ihn ohne Anstand hier aufführen zu dürfen.

57. *Elanus melanopterus,* Daud.

Le Vaill. Ois. d'Afr. t. 36 und 37. — Descr. de l'Egypt. t. 2, f. 2. — Naum. V. D. Nachtr. t. 347. — Gemein in Unter- und Ober-Agypten und Nubien. Sehr einzeln in Kordofán am weissen Fluss und am Tana-See. In Ägypten ist er Standvogel und brütet, wie es scheint, den ganzen Sommer über. (Hat dunkel karminrothe Iris.)

58. *Milvus regalis* Briss.

Buff. Pl. enl. t. 422. — Naum. V. D. t. 31. — Nach Rüppell häufig in Unter-Ägypten.

59. *Milvus ater,* Linn.

Naum. V. D. t. 31. — Sehr gemein in ganz N. O. Afrika, heisst auf arabisch „Hedajeh", wie auch der folgende.

*60. *Milvus parasiticus,* Daud.

Le Vaill. Ois. d'Afr. t. 22. — Sehr häufig in ganz N. O. Afrika.

61. *Astur palumbarius,* Linn.

Temm. Pl. col. t. 495. — Naum. V. D. t. 17. u. 18. — Nach Dr. Rüppell „einzeln in Ägypten."

62. *Meliërax* (Gray) *polyzonus,* Rüpp.

Rüpp. N. Wirbelth. t. 15. — Gemein in Nubien, Sennaar und Abyssinien. Vielleicht gehört noch eine der vorhergehenden sehr ähnliche Art vom Bahr el abiad hierher.

63. *Micronisus* (Gray) *Gabar,* Le Vaill.

Le Vaill. Ois. d'Afr. t. 33. — Temm. Pl. col. t. 122 und 140. — Sehr häufig in Nubien, seltener in Kordofán, Sennaar und Abyssinien, auch südwärts längs des Bahr el abiad beobachtet.

64. *Micronisus niger,* Vieill.

Vieill. Gal. t. 22. — Wird von einigen Gelehrten als Varietät des Vorigen betrachtet, woran ich aber sehr zweifle, da ich ihn nie gemeinschaftlich mit *Gabar* angetroffen habe und auch die Farbe der Iris und Füsse (die sehr fahlgelb sind) verschieden ist.

Ich traf ihn vorzüglich in den Waldungen von W.-Abyssinien, sehr einzeln in Sennaar und Kordofán.

65. *Micronisus monogrammicus,* Swainson.

Temm. Pl. col. t. 314. — Swains. Birds of W. Afr. T. I. t. 3. — Selten in der tropischen Waldregion. Ich erhielt 3 Exemplare vom Bahr el abiad, Fazoglo und Galabat an der abyssinischen Grenze.

(Heuglin.)

66. *Micronisus sphenurus*, Rüpp.

M. brachydactylus Swains. — *M. polyzonoides* A. Smith. —
Rüpp. Syst. Übers. t. 2. — Smith, Ill. of South-Afr. t. 11. — Dr. Rüppell
sammelte ein Individuum dieses schönen Sperbers auf der Insel Dahlak ein.
— Ich fand ihn — aber ziemlich selten — in der Kolla von W.-Abyssi-
nien, in Galabat und am blauen Fluss. Männchen und Weibchen sind
bezüglich der Färbung nicht verschieden und der Augenstern ist nicht
gelb, wie Dr. Rüppell angibt, sondern lebhaft feuerroth.

***67. *Hieraspiza* (Kaup) *minulus*. Le Vaill.**

Le Vaill. Ois. d'Afr. t. 34. — Ist selten in N. O. Afrika; ich erhielt
ihn blos einmal bei Chartum, einmal in der Kolla von W.-Abyssinien und
zwei Exemplare vom Mareb.

68. *Hieraspiza exilis*, Temm.

H. rufiventris, A. Smith. — *H. perspicillaris*, Rüpp. — Temm.
Pl. col. t. 496. — Smith. Ill. of South-Afr. t. 93. — Rüpp. N.
Wirbelth. t. 18, f. 2. — Einzeln in Abyssinien und am blauen Fluss.

69. *Hieraspiza fringillaria*, Ray.

F. Nisus, Auct. — Buff. Pl. enl. t. 467. Naum. V. D. t. 19 und
20. — Häufig im Winter in Ägypten. Von Dr. Rüppell auch in Arabien
und Kordofán beobachtet.

70. *Hieraspiza unduliventer*, Rüpp.

Rüpp. N. Wirbelth. t. 18, f. 1. — Von Dr. Rüppell einzeln in den
Thälern von Simehn in Abyssinien beobachtet.

71. *Polyornis rufipennis*, Strickland.

Circus Müllerii, Heugl. Naumannia III. t. 1. — Heugl.
Beitr. t. 9, f. 1 und 2. — Häufig im Sommer am weissen und blauen
Fluss, geht aber nicht weit südlich.

72. *Circus* (Briss.) *rufus*, Linn.

Buff. Pl. enl. t. 460. Naum. V. D. t. 37 und 38. — Gemein längs
des ganzen Nilgebietes.

73. *Circus umbrinus*, Heugl.

Ein Exemplar am Sobat-Flusse eingesammelt.

74. *Circus Maurus*, Temm.

Temm. Pl. col. t. 461. — *C. Lalandi* Smith, Ill. of South-Afr. t. 58.
(?) —Nach Rüppell einzeln vorkommend in Sennaar und Abyssinien.

75. *Strigiceps* (Bonap.) *cineraceus*, Montag.

Naum. V. D. t. 40. — Am häufigsten von mir in Abyssinien
beobachtet, einzeln auch in Ost-Sennaar und Fazoglo gefunden. In Ägypten kam er mir nie vor.

76. *Strigiceps pallidus*, Sykes.

> *Circ. Swainsonii*, A. Smith, Ill. of South-Afr. t. 43 und 44. — Naum.
> Nachtr. t. 348. — Häufig in Ägypten, Kordofán und Ost-Sennaar, seltener
> in Nubien. Vielleicht auch in Abyssinien.

77. *Strigiceps cyanus*, Linn.

> Buff. Pl. enl. t. 459. — Naum. V. D. t. 38 und 39. — Nach Dr.
> Rüppell ziemlich häufig in Ägypten, Nubien und Arabien. Von mir
> blos einzeln in Unter-Ägypten beobachtet.

>> Anm. Höchst wahrscheinlich finden sich noch verschiedene andere Wei-
>> hen - Arten, wie *C. ranivorus* etc. in N. O. Afrika und am weissen
>> Fluss, doch kann ich bis jetzt nichts Sicheres hierüber angeben.

78. *Polyboroides typicus*. Smith.

> *F. gymnogenys*, Temm. Pl. col. t. 307. — *Gymnogenys mada-*
> *gascariensis*, Lesson. — A. Smith, Ill. of South-Afr. t. 81. — Ist
> selten und findet sich blos in waldigen Gegenden oder an Flussufern,
> die hohe Bäume in ihrer Nähe haben. Ich erhielt ihn im Monat Juni und
> Juli von El-Afun bei Chartum und von der Gegend um Sennaar, Dr. Rüp-
> pell aus Schoa.

79. *Gypogeranus* (Illig.) *serpentarius*, Linn.

> *Serpentarius reptilivorus*, Daud. — Buff. Pl. enl. t. 721. — Le Vaill.
> Ois. d'Afr. t. 25.—Zur Regenzeit häufig in Abyssinien, einzelner in Sennaar u.
> Kordofán. Brütete im September 1853 unweit Chartum. Im November 1853
> traf ich ihn nicht selten in Kordofán, namentlich bei Gebel Kohn und Gebel
> Bedji, so dass ich in zwei Tagen sechs Stücke lebend einfangen konnte.
> Die Jagd auf ihn wird zu Pferde gemacht und der Vogel so lange verfolgt,
> bis er nicht mehr zu fliegen im Stande ist. Auf dem Scherk-el-akaba
> (Ost-Kordofán) heisst er Teer-el-nesieb (طير النصيب), „Schicksals-
> Vogel.“ — Nicht ganz mit Recht führt er den Namen *reptilivorus*, da er,
> so viel ich beobachten konnte, mehr von Säugethieren bis zur Grösse von
> jungen Antilopen und von Schildkröten als anderen Reptilien lebt.

>> Anm. Zweifelsohne kommen in N.O. Afrika auch manche Falken-Arten
>> vor, die mir entgangen sind. So viel ich mich noch erinnere, sind
>> z. B. in der Sammlung des Herzogs P, v. Würtemberg, als von
>> hier stammend noch folgende Species aufgestellt: *Milvus Isuroides*
>> und *M. aethiopicus*, Herz. Paul v. W., — *Buteo Tachardus*,
>> Shaw, — *Circus chrysocomus*, Herz. Paul. v. W.,— *C. ranivorus*,
>> Daud., — *C. Acoli*. Le Vaill., — verschiedene Adler etc. etc.
>> die ich leider zu vergleichen nicht Gelegenheit hatte.

C. STRIGIDAE.

Die grossen Eulen heissen auf arabisch „Buma“ (بومة). die kleinen „Om - queq“
(ام قويق).

80. *Athene* (Boje) *meridionalis*. Risso.

> *Strix passerina*, Linn. — Sehr häufig in ganz N.O. Afrika. Fliegt
> häufig bei Tage auf Raub aus.

*81. *Athene occipitalis*, Temm.

    Temm. Pl. col. t. 34. — Einzeln südlich vom 15° N. B.

82. *Athene pusilla*, Lath.

    Le Vaill. Ois. d'Afr. t. 46. — Naum. V. D. t. 43, f. 1, 2. — Nach Rüppell einzeln in Sennaar und Abyssinien. Vielleicht verwechselt er diese Art mit der vorhergehenden.

83. *Scops* (Savigny) *vulgaris*, Cuv.

    Strix Scops, Linn. — Buff. Pl. enl. t. 436. — Naum. V. D. t. 43, f. 3. — Einzeln und paarweise in ganz N. O. Afrika in waldigen Gegenden und Gärten.

*84. *Bubo maximus*, Sibb.

    Naum. V. D. t. 44. — Einzeln im Winter in Unter-Ägypten.

85. *Bubo Ascalaphus*, Savigny.

    Descr. de l'Egypt. t. 3, f. 2. — Temm. Pl. col. t. 57. — Paarweise und in kleinen Gesellschaften in Ober-Ägypten und Nubien. (Ich habe ihn auch von Tripolis erhalten.)

86. *Bubo capensis*, Daud.

    Smith, Ill. of South-Afr. t. 70. — In Schoa.

87. *Bubo lacteus*, Temm.

    Temm. Pl. col. t. 4. — Häufig in den tropischen Wald-Regionen, vorzüglich längs des blauen und weissen Flusses. In Abyssinien bis 8000 F. hoch angetroffen. Sieht auch sehr gut bei Tag und lässt sich leicht zähmen.

*88. *Aegolius* (Keys. et Blas.) *Otus*, Linn.

    Naum. V. D. t. 45, f. 1. — Nicht selten im Winter in Ägypten.

*89. *Aegolius montanus*, Heugl.

    Nicht selten in Waldpartien und namentlich auf Colqual-Euphorbien auf den Gebirgen von Woggara und Simehn bis zu einer Höhe von 11.000 F.

90. *Aegolius africanus*, Linn.

    Temm. Pl. col. t. 50. — Nicht eben häufig in Waldpartien, südlich vom 18° N. B.

*91. *Aegolius abyssinicus*, Guérin.

    Bei Gondar.

92. *Aegolius leucotis*, Temm.

    Temm. Pl. col. t. 16. — Nicht selten südlich vom 18° N. B.

93. *Aegolius capensis*, A. Smith.

    Smith, Ill. of South-Afr. t. 67. — In Schoa.

94. *Aegolius brachyotus.* Forst.

Buff. Pl. enl. t. 438. — Naum. V. D. t. 45, f. 2. — Nicht selten einzeln und in grösseren Gesellschaften in Nubien, Ägypten und Abyssinien. Ich habe ihn blos im Winter beobachten können und traf ihn immer nur in Büschen in der Wüste.

95. *Strix flammea.* Linn.

Buff. Pl. enl. t. 440. — Naum. V. D. t. 47. — In allen ihren Varietäten st die Schleiereule nicht selten in ganz N. O. Afrika. In Ägypten bewohnt sie alte Gebäude und in Abyssinien traf ich sie nicht selten in Wäldern und auf Hochbäumen. Im Winter 1853—54 erhielt ich sogar mehrere Exemplare vom Berge Belinia, am Bahr el abiad (5° N. B.).

II. ORDNUNG. *PASSERES* (SPERLINGVÖGEL).

I. Fissirostres.

A. CAPRIMULGIDAE.

96. *Caprimulgus europaeus,* Linn.

Naum. V. D. t. 148. — Im Winter in N. O. Afrika.

97. *Caprimulgus infuscatus,* Rüpp.

Rüpp. Atl. t. 6. — Nicht selten in Nubien und Kordofan.

98. *Caprimulgus tristigma.* Rüpp.

Rüpp. Syst. Übers. t. 3. — Einzeln im südlichen Abyssinien. Rüppell.

99. *Caprimulgus poliocephalus.* Rüpp.

Rüpp. Syst. Übers. t. 4. — Einzeln in den nordöstlichen Thälern von Abyssinien. Rüppell.

100. *Caprimulgus isabellinus,* Temm.

Temm. Pl. col. t. 379. — Heugl. Beitr. t. 40. Das Ei. — Paarweise und zuweilen in grossen Gesellschaften bis zu 40 Stücken in Steppen und Mimosenwäldern. In Ägypten habe ich ihn auf der Wanderung im Monat April und Mai gefunden; in Nubien, vorzüglich auf den Inseln bei Argo, brüteten einige Paare im August und September 1854. Auch soll er in Abyssinien vorkommen.

101. *Caprimulgus eximius,* Rüpp.

Temm. Pl. col. t. 398. — In Sennaar, überall einzeln.

***102.** *Caprimulgus ruficollis.* Natterer (?)

Oder wenigstens eine diesem sehr nahe stehende Species. Häufig in Tigréh und am Mareb in Abyssinien.

103. *Scotornis* (Swainson) *climacturus,* Vieill.

Vieill. Gal. t. 122. — Häufig in Sennaar, Kordofan und S.-Nubien.

(Henglin.)   2

104. *Macrodipteryx* (Swainson) *longipennis*, Shaw.

Swainson, Birds of Western-Afr. V. II. t. 5. — Nach Rüppell einzeln im östlichen Abyssinien. Im Monat December und Januar sehr gemein in Ost-Sennaar, Galabat und Woehni, wo ich aber schon im April und Mai keinen mehr antraf. Einzeln im südlichen Sennaar bei Rosseres, in Fazoglo am weissen Flusse und in Kordofan. Heisst auf arabisch Abu-gennáh-arba (ابو جناح اربعة) „Vater der 4 Flügel." Sein Flug ist wirklich äusserst sonderbar und man glaubt einen grösseren und zwei ihn verfolgende und auf ihn stossende kleinere Vögel zu erblicken. Am häufigsten erlegten wir ihn in der Kolla an unsern Wachfeuern, die oft die ganze Nacht von diesen Thieren umschwärmt waren.

B. HIRUNDINIDAE.

Die Schwalben heissen auf arabisch „Asfùr-el-génah" (عصفور الجنّة) und „Chotháf" (خطاف).

105. *Cypselus* (Illig) *Apus*, Linn.

Naum. V. D. t. 147, f. 2 — *C. murinus*, Ehrenb. (?). — Buff. Pl. enl. t. 542. — Gemein in Ägypten und Nubien auf dem Durchzuge.

106. *Cypselus Rüppellii*, Heugl.

C. abyssinicus, Licht. (?) — In Abyssinien und am blauen Flusse in kleinen Gesellschaften.

107. *Cypselus Melba*, Linn.

C. alpinus, Scop. — Naum. V. D. t. 147, f. 1. — An den Felsgebirgen Ägyptens im Frühjahr auf dem Durchzuge.

108. *Cypselus ambrosiacus*, Buff.

Temm. Pl. col. t. 460, f. 2. — In Nubien und Sennaar, nach Rüppell auch in Ägypten.

109. *Cecropis* (Boje) *rustica*, Linn.

Hirundo domestica, Pall. — Im Winter in ganz N. O. Afrika.

***110.** *Cecropis alpestris*, Pall.

Hirundo rufula, Temm. — In Nubien und West-Abyssinien.

111. *Cecropis Riocourii*, Savigny.

C. cahiriaca, Licht. — *C. Boissonneauti*, Descr. de l'Egypte t. 4, f. 4. — In Ägypten Standvogel.

112. *Cecropis senegalensis*, Linn.

Swainson, Birds of Western Afr. V. II. t. 6. — Häufig in Kordofan und am Tana-See in Abyssinien.

***113.** *Cecropis rufifrons*, Le Vaill.

Standvogel in Sennaar und S. Nubien.

114. *Cecropis melanocrissus*, Rüpp.

Rüpp. Syst. Übers. t. 5. — *H. Gordoni* Jard. (?) In den abyssinischen Gebirgsthälern nicht selten, aber gewöhnlich einzeln oder paarweise beisammen. Geht bis 10—11.000 F. hoch und lässt zuweilen einen von dem aller mir bekannten Schwalben abweichenden Gesang in den Lüften hören.

115. *Cecropis striolata*, Rüpp.

Rüpp. Syst. Übers. t. 6. — *C. abyssinica*, Guerin. — In kleinen Gesellschaften in den abyssinischen Gebirgs- und Hochländern.

116. *Cecropis filicaudata*, Lath.

Lath. Gen. Hist. of Birds t. 113. — Nicht selten in Kordofan, Sennaar und Abyssinien.

117. *Cotyle* (Boje) *torquata*, Linn.

Buff. Pl. enl. t. 723, f. 1. — Von Dr. Rüppell in der abyssinischen Provinz Barakit beobachtet; ich erhielt sie häufig vom Mareb.

118. *Cotyle paludibula*, Le Vaill.

Le Vaill. Ois. d'Afr. t. 246, f. 2. — In Nubien, Sennaar, Abyssinien und auf dem weissen Fluss.

119. *Cotyle riparia*, Linn.

Buff. Pl. enl. t. 543. — Naum. V. D. t. 146, f. 3 und 4. — Im ganzen bekannten Nil-Gebiete.

120. *Cotyle rupestris*, Scop.

Naum. V. D. t. 146, f. 1. — Häufig in Ägypten, Nubien und Abyssinien in Felsgebirgen und Ruinen. Standvogel.

121. *Chelidon* (?) (Boje) *pristoptera*, Rüpp.

Von Dr. Rüppell während der Regenzeit häufig in Simehn beobachtet. Ich traf diese Schwalbe blos einmal, aber in grosser Gesellschaft in den Waldungen der westlichen Kolla-Länder (Provinz Dagossa) und erhielt einige Exemplare aus Tigréh (am Amba-Sea). Wahrscheinlich auch am Mareb.

122. *Chelidon urbica*. Linn.

Im Winter im Nil-Gebiet.

C. CORACIANAE.

123. *Eurystomus* (Vieill.) *orientalis*, Linn.

Colaris afra, Lath. *(?)* — *C. madagascariensis*, Gmel. *(?)* — Le Vaill. Ois. de Parad. I. t. 35. — Einzeln in Abyssinien, Sennaar, Fazoglo und Kordofan.

124. *Coracias garrula*. Linn.

Buff. Pl. enl. t. 486. — Naum. V. D. t. 60. — Im Winter in Ägypten, Nubien und Arabien. Ende April auf dem Wiederstrich in Unter-Ägypten sehr häufig.

125. *Coracias abyssinica*. Gmel.

C. senegalensis? — Buff. Pl. enl. t. 626. — Gemein südlich vom 20° N. B.

126. *Coracias Levaillantii*, Temm.

Le Vaill. Ois. de Par. I. t. 29. — Nicht selten in Kordofan, Sennaar und Abyssinien von der Kolla abwärts.

D. TROGONIDAE.

127. *Apaloderma* (Swainson) *Narina*, Vieill.

Le Vaill. Ois. d'Afr. t. 282. — Selten am Mareb, in der Kolla, der Provinz Woehni und in Fazoglo.

E. ALCEDINIDAE.

128. *Halcyon* (Swainson) *semicoerulea*, Forskål.

Rüpp. N. Wirbelth. t. 21, f. 1. — Häufig in Abyssinien.

129. *Halcyon cancrophaga*, Lath.

Buff. Pl. enl. t. 334. — Einzeln auf dem blauen und weissen Flusse.

130. *Halcyon chelicuti*, Stanley.

Rüpp. Atl. t. 28, f. b. — Häufig, aber meist blos einzeln, in Abyssinien und Sennaar auf Buschwerk und Bäumen, oft in Mitte von Waldungen. Nicht auf höheren Gebirgen, wenigstens von mir nicht über 6000 Fuss hoch beobachtet.

131. *Ceryle* (Boje) *rudis*, Linn.

Buff. Pl. enl. t. 716. — Gemein in ganz N. O. Afrika an fliessenden Gewässern.

132. *Ceryle maxima*, Linn.

Buff. Pl. enl. t. 679. — Gemein am Dender, Rahad, der Gandoa, dem Takasseh, zuweilen an ganz unbedeutenden Choren und Wassergräben. — Einzeln auch in Fazoglo.

133. *Alcedo Ispida*, Linn.

Buff. Pl. enl. t. 77. — In Unter-Ägypten und am rothen Meere von mir blos im Winter beobachtet.

134. *Alcedo cyanostigma*, Rüpp.

Rüpp. N. Wirbelth. t. 24, f. 2. — Häufig an allen Choren und Gewässern südlich vom 14° N. B.

135. *Alcedo coerulea*, Kuhl.

Buff. Pl. enl. t. 783, f. 1. — Gray, Gen. t. 28. — *A. picta* Kaup. — Nach Rüppell ziemlich häufig in Abyssinien. Mir ist er blos ein Mal, sehr fern von Gewässern, bei Gebel Woad Dambellie in Ost-Sennaar vorgekommen, als er an einem glühend heissen Tage Heuschrecken jagte, mit denen sein Magen angefüllt war. In Süd-Sennaar sammelten ihn meine Jäger auch einige Male ein.

136. *Alcedo semitorquata,* Swainson.

Rüpp. Syst. Übers. t. 7. — Nach Rüppell in Schoa. Ich fand ihn an allen Wildbächen zwischen Simehn und O.-Sennaar ziemlich häufig.

> Anm. Am rothen Meere und in Abyssinien dürften sich noch manche hierher gehörige Arten vorfinden: an den Ufern des ersteren fiel mir ein dem *Alcedo collaris* in Färbung sehr ähnlicher Eisvogel auf, und am Takasseh traf ich eine sehr kleine und eine andere weit grössere Art, deren Hauptfarbe rostroth bis kastanienbraun zu sein schien. *(A. madagascariensis?)* Nach Versicherung des Herrn Dr. Rüppell findet sich auch *A. capensis* in Schoa.

F. MEROPIDAE.

137. *Merops Apiaster,* Linn.

Le Vaill. Prom. t. 1. — Im März und April und im Herbst als Zugvogel in ganz N. O. Afrika: doch habe ich ihn merkwürdiger Weise wie den folgenden auch zuweilen im Sommer in Sennaar angetroffen.

138. *Merops superciliosus,* Lath.

Merops persicus, Savign. — *Merops Savignii,* Swains. Birds of W. Afr. t. 7. — Le Vaill. Prom. t. 6.

***139.** *Merops Curieri,* Licht.

M. albicollis, Vieill. — Le Vaill. Prom. t. 9. — Das ganze Jahr, aber einzelner, in Kordofan und Sennaar.

140. *Merops viridis,* Lath.

Le Vaill. Prom. t. 10. — *M. viridissimus,* Swains. (?) — Häufig als Standvogel in ganz N. O. Afrika südlich vom 28° N. B.

141. *Merops coeruleocephalus,* Lath.

M. nubicus Gmel. — Buff. Pl. enl. t. 356. f. 2. — Swains. Birds of West. Afr. II. t. 9. — Le Vaill. Prom. t. 3. — Hengl. Beitr. t. 40: das Ei. — In grossen Flügen und als Standvogel am blauen und weissen Flusse und in Ost-Sennaar. Nach Rüppell auch in Abyssinien und Kordofan. — Brütet in grossen Colonien in selbstgegrabenen Löchern auf ebener Erde in den Ländern der Kitsch-Neger im März.

142. *Merops erythropterus,* Gmel.

Merops Lafresnayi, Guérin. (?) — *M. minutus,* Vieill. (?) — Lath. Gen. history of Birds t. 70. — Südlich vom 16° N. B. nicht selten.

143. *Merops variegatus,* Vieill.

Le Vaill. Prom. t. 7. — Im Januar, Februar und März häufig um Gondar angetroffen. Im Sommer am Mareb und in Tigréh.

144. *Merops Bullockii,* Le Vaill.

>　Le Vaill. Prom. t. 20. — In der Kolla, namentlich am West-Abfall gemein bis nach Galabat. Einzeln in Sennaar und Fazoglo.

2. Tenuirostres.

A. UPUPIDAE.

145. *Upupa Epops,* Linn.

>　In ganz N. O. Afrika, häufiger im Winter. Arabisch „Hud-Hud" (هد هد).

146. *Promerops* (Briss.) *erythrorhynchus,* Cuv.

>　Le Vaill. Prom. t. 1 u. 2. — Häufig südlich vom 15⁰ N. B. Brütet in hohlen Bäumen.

147. *Promerops cyanomelas,* Cuv.

>　Le Vaill. Prom. t. 5 u. 6. — Wie der Vorhergehende.

148. *Promerops minor,* Rüpp.

>　Rüpp. Syst. Übers. t. 8. — In Schoa.

*149. *Promerops icterorhynchus,* Heugl.

>　*Pr. pusillus,* Swains. (?) — Einzeln im Lande der Bari-Neger zwischen dem 4. und 6⁰ N. B.

>　　Anm. *Prom. senegalensis,* Vieill. — Le Vaill. Prom. t. 4. — soll nach Strickland in Kordofan vorkommen.

B. NECTARINIDAE.

150. *Nectarinia* (Illig.) *famosa,* Vieill.

>　Vieill. Ois. dor. II. t. 37 u. 38. — In Abyssinien.

151. *Nectarinia pulchella,* Vieill.

>　Le Vaill. Ois. d'Afr. t. 293. 1. — Gemein in S.-Nubien, Sennaar und Kordofan.

152. *Nectarinia Tacazze,* Stanley.

>　Rüpp. N. Wirbelth. t. 31, f. 3. — Gemein in Abyssinien. Geht über 10,000' F. hoch. In der Kolla von West-Abyssinien nicht beobachtet.

153. *Nectarinia metallica,* Licht.

>　Rüpp. Atl. t. 7. — Gemein südlich vom 24⁰ N. B.

*154. *Nectarinia erythrocerca,* Heugl.

>　Heugl. Beitr. t. 10, f. 2. — Auf dem Bahr el abiad südlich vom 8⁰ N. B. nicht selten.

*155. *Nectarinia porphyreocephala*. Heugl.

> Heugl. Beitr. t. 10, f. 1. — *N. purpurata*, Ill. (?) — Einzeln im südöstlichen Abyssinien.

156. *Nectarinia affinis*, Rüpp.

> Rüpp. N. Wirbelth. t. 31, f. 1. — Einzeln in Abyssinien, häufig in Kordofan.

157. *Nectarinia gularis*, Rüpp.

> Rüpp. N. Wirbelth. t. 31, f. 2. — Nach Rüppell in Kordofan.

158. *Nectarinia abyssinica*, Ehrenb.

> Ehrenb. Symb. Aves. t. 4. — In Abyssinien.

159. *Nectarinia cruentata*, Rüpp.

> Rüpp. Syst. Übers. t. 9. — Häufig in Abyssinien bis zu 10,000′ F. Höhe, einzeln am Bahr el abiad, südlich vom 8° N. B.

C. CERTHINAE.

160. *Tichodroma* (Illig.) *muraria*. Linn.

> Nach Rüppell in Ägypten und Abyssinien. Von mir nie beobachtet.

3. Canori.

A. SYLVIDAE.

1. Malurinae.

161. *Oligura micrura*. Rüpp.

> Rüpp. N. Wirbelth. t. 41, f. 1. — *Oligocercus micrurus*, Cabanis. — In Nubien, Kordofan, Ost-Sennaar und den Kolla-Ländern von W.-Abyssinien, findet sich auch am weissen und zuverlässig längs des ganzen blauen Flusses. Im Benehmen und Lockton hat dieses zierliche Vögelchen viel Ähnlichkeit mit *Sitta europaea*, der es auch bezüglich der Farbenvertheilung nahe kommt.

162. *Cisticola* (Less.) *schönicola*. Bonap.

> *Sylv. cisticola*, Temm. — Häufig in Arabien, Ägypten und Nubien. Standvogel.

*163. *Cisticola ferruginea*, Heugl.

> Heugl. Beitr. t. 12, fig. 2. — Blos in den Quellenländern des Rahad beobachtet.

164. *Cisticola* (?) *lugubris*, Rüpp.

> Rüpp. Syst. Übers. t. 11. — Einzeln in Abyssinien.

165. *Cisticola* (?) *erythrogenys*. Rüpp.

> Rüpp. Syst. Übers. t. 12. — Einzeln in Abyssinien.

*166. *Cisticola* (?) *flaveola*. Heugl.

> Heugl. Beitr. t. 11, f. 1. — Einzeln in Tigréh im östlichen Abyssinien.

167. *Cysticola (?) mystacea*, Rüpp.
> Rüpp. Syst. Übers. t. 10. — Aus der Umgegend von Gondar.

168. *Cysticola (?) rufifrons*, Rüpp.
> Rüpp. N. Wirbelth. t. 41, f. 1. — Häufig an der abyssinischen Küste.

169. *Cysticola (?) ruficeps*, Rüpp.
> Rüpp. Atl. t. 36, f. a.—Häufig in Kordofan, Sennaar und Abyssinien.

*170. *Drymoica* (Swainson) *leucopygia*, Heugl.
> In Ost-Sennaar und Abyssinien.

171. *Drymoica inquieta*, Rüpp.
> Rüpp. Atl. t. 36, f. b. — Häufig in niedrigem Gesträppe bis auf 4000 F. Höhe im peträischen Arabien.

172. *Drymoica robusta*, Rüpp.
> Rüpp. Syst. Übers. t. 13. — Um Gondar und in der Kolla von W.-Abyssinien. Dr. Rüppell hat sie aus Schoa erhalten.

*173. *Drymoica Malzacii*, Heugl.
> Im Gebiete der Kitsch-Neger zwischen dem 7—9° N. B.

*174. *Drymoica cantans*, Heugl.
> Auf den Hochgebirgen von Simehn.

*175. *Drymoica marginalis*, Heugl.
> Am Bahr el abiad zwischen dem 6 — 9° N. B.

176. *Drymoica bizonura*, Heugl.
> Heugl. Beitr. t. 12, f. 1. — Blos in der Provinz Simehn in dichten, wasserreichen Schluchten bis 10,000 F. Höhe angetroffen. (Kommt wahrscheinlich auch bei Gondar vor.)

177. *Drymoica pulchella*, Rüpp.
> Rüpp. Atl. t. 35, f. a. — In Kordofan, Sennaar und Abyssinien.

178. *Drymoica gracilis*, Rüpp.
> Rüpp. Atl. t. 2, f. b. — Häufig in Ägypten und Nubien.

179. *Drymoica clamans*, Rüpp.
> Rüpp. Atl. t. 2, f. a. — Im südlichen Nubien, Kordofan und Sennaar.

2. Sylvinae.

180. *Salicaria* (Selby) *fluviatilis*, Mayer et Wolf.
> Descr. de l'Eg. t.13. — Naum. V. D. t. 83, f.1. — In Unter-Ägypten.

181. *Salicaria arundinacea*, Briss.
> Naum. V. D. t. 81, f. 2. — In Ägypten, Nubien und Arabien.

182. *Salicaria pallida*, Ehrenb.
> Heugl. Beitr. t. 40, das Ei. — In ganz N. O. Afrika, das ganze Jahr hindurch.

183. *Salicaria turdoides*, Mayer.
> Buff. Pl. enl. t. 513. — Naum. V. D. t. 81, f. 1. — In Unter-Ägypten und Arabien im Winter.

184. *Salicaria stentoria*, Cab.
> In Arabien und Ägypten.

185. *Salicaria palustris*, Bechst.
> Naum. V. D. t. 81, f. 3. — Nach Rüppell in Ägypten.

186. *Salicaria phragmitis*, Bechst.
> Naum. V. D. t. 82, f. 1. — Im Winter in Ägypten und Nubien. Ich erhielt sogar Exemplare vom Sobat.

187. *Salicaria aquatica*, Lath.
> Naum. V. D. t. 82, f. 4 und 5. — Im Winter im Delta.

188. *Salicaria* (?) *cinnamomea*, Rüpp.
> Rüpp. N. W. t. 42, f. 1. — In Abyssinien.
>
> Anm. *Salicaria* (?) *languida*, Ehrenb. aus Ober-Ägypten und Nubien ist mir nicht bekannt. — Ausserdem sollen noch einige hierher gehörige Sänger in N. O. Afrika vorkommen, wie *S. Luscinioides*, Savi. etc.

*189. *Ficedula* (Koch) *Hypolais*, Linn.
> Naum. V. D. t. 80, f. 1. — Im Frühjahr in Ägypten.

190. *Ficedula sibilatrix*, Bechst.
> Naum. V. D. t. 80, f. 2. — Im Winter in Ägypten.

191. *Ficedula Trochilus*, Linn.
> *F. fitis*, Koch. — Naum. V. D. t. 80, f. 3. — In Ägypten und Nubien im Winter.

192. *Ficedula Bonellii*, Vieill.
> *S. Nattereri*, Temm. — In ganz N. O. Afrika.

193. *Ficedula rufa*, Lath.
> Naum. V. D. t. 80, f. 4. — Im Winter in ganz N. O. Afrika.

194. *Ficedula umbrovirens*, Rüpp.
> Rüpp. N. W. S. 112. — In wärmeren Gegenden Abyssiniens. Ich erhielt sie öfters vom Mareb.

*195. *Ficedula elegans*, Heugl.
> Heugl. Beitr. t. 13, fig. 1. — In den Thälern der westlichen Kolla-Länder.

196. *Sincopta* (Cab.) *brevicaudata*, Rüpp.
> Rüpp. Atl. t. 35, f. b. — In Kordofan, Sennaar und Fazoglo.

*197. *Orthotomus* (H o r s f i e l d.) *(?) clamans*, H e u g l.

 H e u g l. Beitr. t. 13, fig. 2. — In Abyssinien, Sennaar und Kordofan. — Eine ähnliche, aber von ihr verschiedene Art — wenn ich nicht irre — aus Fazoglo, steht in der Sammlung des Herzogs P a u l von Würtemberg.

*198. *Orthotomus Salvadorae*, Herzog P a u l v. Würtemberg.

 Von Fazoglo. (Gleicht dem Vorhergehenden, hat aber roströthliche Stirne und gelblich fleischfarbenen Schnabel, mit schwärzlicher Firste gegen die Spitze zu).

199. *Zosterops* (G o u l d) *madagascariensis*, L a t h.

 Le V a i l l. Ois. d'Afr. t. 132. — In Abyssinien nicht selten.

*200. *Zosterops euryophthalmos*, H e u g l.

 H e u g l. Beitr. t. 13, fig. 3. — Blos ein Paar auf den Hochgebirgen von Simehn bei Debr Eski beobachtet.

*201. *Sylvia* (P e n n a n t) *subalpina*, B o n e l l i.

 S. leucopogon, M a y e r. — *S. passerina*, T e m m. — Im März und April in Unter-Ägypten.

*202. *Sylvia provincialis*, J. F. G m e l.

 Wie die Vorige.

203. *Sylvia melanocephala*, L a t h.

 Im Winter häufig in Arabien, im Frühjahr in Ägypten und Nubien beobachtet.

*204. *Sylvia Orphea*, T e m m.

 N a u m. V. D. t. 76, f. 3 und 4. — Im Herbst in Ägypten beobachtet.

205. *Sylvia Curruca*, L a t h.

 N a u m. V. D. t. 77, f. 1. — Im Herbst und Frühjahr in Ägypten, Arabien und Nubien.

206. *Sylvia atricapilla*, B r i s s.

 N a u m. V. D. t. 77, f. 2 und 3. — Im Frühjahr in Ägypten, Nubien und Arabien.

207. *Sylvia nigricapilla*, C a b.

 Nach C a b a n i s in N. O. Afrika.

*208. *Sylvia ruficapilla*, L a n d b e c k (?)

 Der vorigen ähnlich, ♂ und ♀ mit rostrothem Scheitel. — In Abyssinien (Simehn und bei Massaua) und in Nubien.

209. *Sylvia Rüppellii*, T e m m.

 S. capistrata, R ü p p. Atl. t. 19. — Im März und April häufig in Ägypten und Arabien.

210. *Sylvia cinerea,* Briss.

Naum. V. D. t. 78, f. 1 und 2. — Im Winter in ganz N. O. Afrika.

*211. *Sylvia hortensis,* Pennant.

Naum. V. D. t. 78, f. 3. — Im Frühjahr in Ägypten.

*212. *Sylvia Nisoria,* Bechst.

Naum. V. D. t. 76, f. 1 und 2. — Im October und April in Nubien und Sennaar beobachtet.

213. *Sylvia crassirostris,* Rüpp.

Rüpp. Atl. t. 33. — In Sennaar und Kordofan, am weissen Flusse. Überall einzeln. — Ist vielleicht identisch mit *S. oliretorum.*

214. *Sylvia chocolatina,* Rüpp.

Rüpp. Syst. Übers. t. 14. — Abyssinien und Schoa.

215. *Sylvia lugens,* Rüpp.

Rüpp. N. Wirbelth. t. 42, f. 2. — In Abyssinien.

*216. *Lusciola* (Keys. et Blas.) *Philomela,* Bechst.

Naum. V. D. t. 74, f. 1. — Im Frühjahr in Ägypten.

217. *Lusciola Luscinia,* Linn.

Naum. V. D. t. 74, f. 2. — In Ägypten, Nubien und Arabien im März, April und September.

218. *Aedon galactodes,* Temm.

In ganz N. O. Afrika, scheint im Winter südwärts zu wandern.

219. *Aedon minor,* Cab.

Nach Cabanis in Abyssinien.

220. *Aedon leucopterus,* Rüpp.

Rüpp. Syst. Übers. t. 15. — In Schoa.

221. *Aedon abyssinicus,* Rüpp.

Drymophila abyssinica, Rüpp. N. W. t. 40, fig. 2. — In den abyssinischen Gebirgsthälern.

222. *Cyanecula* (Brehm) *suecica,* Linn.

Naum. V. D. t. 75. — Häufig im Winter in Ägypten, Nubien, Arabien und Abyssinien, zuweilen mitten in der Wüste.

223. *Erythacus* (Swainson) *Rubecula,* Linn.

Naum. V. D. t. 75. — Im Februar und März in Unter-Ägypten.

224. *Ruticilla* (Brehm) *Phönicurus,* Linn.

Naum. V. D. t. 79, f. 1 und 2. — In ganz N. O. Afrika, vielleicht den Sommer über in Abyssinien, wo ich ihn im April noch häufig beobachtete.

225. *Ruticilla Tithys,* Scop.

Naum. V. D. t. 79, f. 3 und 4. — Im Frühjahr in N.-Ägypten.

3. Saxicolinae.

226. *Saxicola* (Bechst.) *leucura*, Gmel.

S. *cachinans*, Temm. Descr. de l'Egypte. Ois. t. 5, f. 1. —
Häufig in Ägypten, Nubien und Arabien. — Gewöhnlich haben die
Weibchen weisse Kopfplatten, doch fand ich öfter auch Männchen mit
dieser Zeichnung.

227. *Saxicola Monacha*, Rüpp.

Temm. Pl. col. 359. 1. — Nach Rüppell zufällig in Nubien.

***228. *Saxicola syenitica*, Heugl.**

Heugl. Beitr. t. 14. — Einzeln in Ober-Ägypten.

229. *Saxicola lugubris*, Rüpp.

Rüpp. N. Wirbelth. t. 28, f. 1. — Häufig in Abyssinien.

230. *Saxicola melaena*, Rüpp.

Rüpp. N. Wirbelth. t. 28, f. 2. — Häufig in Abyssinien, namentlich
in den Gebirgen von Woggara und Simehn.

231. *Saxicola albifrons*, Rüpp.

Rüpp. Syst. Übers. t. 17. — S. *frontalis*, Swains. (?) — Häufig im
Takasseh-Quellenland.

232. *Saxicola lugens*, Licht.

In Ägypten, Nubien und Arabien.

233. *Saxicola isabellina*, Rüpp.

S. *saltatrix*, Ménestriés. — Häufig in ganz N. O Afrika.

***234. *Saxicola ferruginea*, Heugl.**

In Abyssinien.

235. *Saxicola pallida*, Rüpp.

Rüpp. Atl. t. 34, f. a. — Nach Rüppell häufig in Nubien.

236. *Saxicola Oenanthe*. Bechst.

Buff. Pl. enl. t. 454. — Naum. t. 89, f. 1. — In ganz N. O. Afrika,
wie es scheint aber blos im Frühjahr.

237. *Saxicola Stapazina*, Gmel.

Naum. V. D. t. 90, f. 1 und 2. — Häufig in N. O. Afrika, in Ägypten
blos im März und April. Ich halte von ihr für verschieden:

238. *Saxicola aurita*, Temm.

Ebendaselbst.

***239. *Saxicola intermedia*, Heugl.**

Häufig in Abyssinien.

240. *Saxicola deserti*, Rüpp.
> Temm. Pl. col. t. 359, f. 2. — In Ägypten und Nubien nicht selten.

241. *Saxicola sordida*, Rüpp.
> Rüpp. N. Wirbelth. t. 26, f. 2. — Häufig in den Gebirgen von Waggara und Simehn in Abyssinien.

242. *Saxicola rufocinerea*, Rüpp.
> Rüpp. N. Wirbelth. t. 27, f. 1 und 2. — Nicht selten in den abyssinischen Gebirgsgegenden.

243. *Pratincola* (Koch) *albofasciata*, Rüpp.
> Rüpp. Syst. Übers. t. 16. — Einzeln auf den abyssinischen Gebirgen.

*244. *Pratincola melanoleuca*, Heugl.
> In Gebüschen der wärmeren Gegenden von Woggara und Simehn in Abyssinien.

245. *Pratincola melanura*, Rüpp.
> Temm. Pl. col. t. 257, f. 2. — In Arabien, vorzüglich in Tamarix-Gebüschen, sehr selten in Nubien.

*246. *Pratincola Hemprichii*, Ehrenb.
> In Abyssinien, Sennaar, und Nubien.

*247. *Pratincola caffra*, Licht.
> In Nubien und Abyssinien.

248. *Pratincola Rubetra*, Linn.
> Naum. V. D. t. 89, f. 3 und 4. — In ganz N. O. Afrika und Arabien im Winter und Frühjahr.

*249. *Pratincola Rubicola*, Linn.
> Naum. V. D. t. 90, f. 3 und 4. — In ganz N. O. Afrika. In Abyssinien eine klimatische Varietät (viel intensiver gefärbt, als die europäische) das ganze Jahr hindurch.

250. *Thamnobia* (?) (Swainson) *albiscapulata*, Rüpp.
> Rüpp. N. Wirbelth. t. 26, f. 1. — In Abyssinien nicht selten.

251. *Thamnobia* (?) *semirufa*, Rüpp.
> Rüpp. N. Wirbelth. t. 25, f. 1 und 2. — Häufig in Ost- und Central-Abyssinien.

> Anm. *Saxicola moesta*, Licht. und *S. gutturalis*, Hempr. und Ehrenb. oder *S. salina*, Eversm. sollen in Ägypten und Nubien vorkommen. Ich kenne diese Arten nicht.

1. Parinae.

252. *Parus* (Linn.) *leucomelas*, Rüpp.
> Rüpp. N. Wirbelth. t. 37, f. 2. — Paarweise in Sennaar, Fazoglo und Abyssinien, jedoch nicht in den Gebirgsgegenden.

253. *Parus dorsatus*, Rüpp.

Rüpp. Syst. Übers. t. 19. — *P. leuconotos*, Guer. (?) — Sehr häufig auf den Gebirgen von Waggara und Simehn, auch in Schoa.

254. *Parisoma* (Swainson) *frontale*, Rüpp.

Rüpp. Syst. Übers. t. 22. — Einzeln in Ost-Abyssinien und Schoa.

Anm. In der Sammlung des Herzogs Paul v. Würtemberg sah ich — wenn ich mich noch recht erinnere — einen als *Parus niger* aufgestellten Vogel aus Sennaar oder Fazoglo. Ich konnte denselben übrigens nicht genau untersuchen, und es ist möglich, dass dieser Vogel identisch ist mit meinem *Melaenornis melas* aus Abyssinien.

5. Motacillinae.

255. *Motacilla alba*, Linn.

Buff. Pl. enl. t. 652. f. 2. — Naum. V. D. t. 86, f. 2 — Häufig in ganz N. O. Afrika und Arabien, das ganze Jahr über.

256. *Motacilla capensis*, Licht.

Le Vaill. Ois. d'Afr. t. 178. — In Ober-Ägypten und südwärts längs des Nils; kommt auch in Abyssinien vor.

257. *Motacilla longicaudata*, Rüpp.

Rüpp. N. Wirb. t. 29, f. 2. — Nicht selten an Gebirgsbächen in Abyssinien.

258. *Budytes* (Cuv.) *flavus*, Linn.

Buff. Pl. enl. t. 674. — Naum. V. D. t. 88. — Überwintert südlich von Nubien. Im Frühjahr und Herbst auf dem Durchzuge in Ägypten, wo auch einzelne Paare zu bleiben scheinen.

***259. *Budytes boarulus*. Linn.**

Buff. Pl. enl. t. 28, f. 1. — Naum. V. D. t. 87. — Nicht häufig im Herbst und Frühjahr in Ägypten. Überwintert in Abyssinien.

260. *Budytes melanocephalus*, Licht.

Rüpp. Atl. t. 33, fig. b. — Im Frühjahr und Herbst auf dem Durchzuge in N. O. Afrika. Brütet wahrscheinlich in Ägypten.

261. *Anthus arboreus*, Bechst.

Buff. Pl. enl. t. 660, f. 1. — Naum. V. D. t. 84, f. 2. — Im Winter in Ägypten.

262. *Anthus pratensis*, Linn.

Descr. de l'Egypte t. 13, f. 6. — Naum. V. D. t. 84, f. 2. — Wie der vorhergehende.

263. *Anthus cervinus*, Pall.

A. Cecilii, Savigny, Descr. de l'Egyt. t. 5. f. 6. — A. pratensis, Naum. V. D. t. 85, f. 1. (?) — Im Frühjahr häufig in Unter-Ägypten.

264. *Anthus campestris*, Bechst.

Naum. V. D. t. 84, f. 1. — Buff. Pl. enl. t. 661, f. 1. — In ganz N. O. Afrika und Arabien. Ob Standvogel?

265. *Anthus aquaticus*, Bechst.

A. spinoletta, Linn. — Naum. V. D. t. 85, f. 2, 3 und 4. — Buff. Pl. enl. t. 661, f. 2. — Im Winter und Frühjahr in ganz N. O. Afrika südwärts bis Abyssinien und dem Bahr el abiad beobachtet. Hält sich auch an den Ufern des rothen Meeres auf.

266. *Anthus sordidus*, Rüpp.

Rüpp. N. Wirb. t. 39, f. 1. — In Abyssinien Standvogel.

267. *Anthus cinnamomeus*, Rüpp.

In Abyssinien.

B. TURDIDAE.

1. Turdinae.

268. *Bessonornis* (Smith.) *semirufa*, Rüpp.

Rüpp. Syst. Übers. t. 21. — Häufig in Abyssinien bis 11,000 F. Höhe.

***269. *Bessonornis Monacha*, Heugl.**

Heugl. Beitr. t. 15. — In Rosseres und Fazoglo.

270. *Petrocinla* (Vig.) *saxatilis*, Buff.

Buff. Pl. enl. t. 562. — Naum. V. D. t. 73. — Nicht selten in N. O. Afrika und Arabien, wie es scheint blos vom September bis April.

271. *Petrocossyphus* (Boje) *cyanus*, Buff.

Buff. Pl. enl. t. 562. — Naum. V. D. t. 72. Wie die vorhergehende.

272. *Turdus Merula*, Linn.

Naum. V. D. t. 71. — Soll im Winter in Ägypten vorkommen.

273. *Turdus musicus*, Linn.

Buff. Pl. enl. t. 406. — Naum. V. D. t. 66, f. 2. — Im Winter in Ägypten und Arabien.

***274. *Turdus olivaceus*, Linn.**

Le Vaill. Ois. d'Afr. t. 98. — In Abyssinien und am weissen Fluss.

***275. *Turdus icterorhynchus*, Herzog Paul v. Würtemberg.**

T. libonyana, A. Smith Zool. III. t. 38. (?) — In Kordofan, am weissen und blauen Fluss und in Abyssinien.

276. *Turdus viscivorus* Linn.

Buff. Pl. enl. t. 489. — Naum. V. D. t. 66, f. 1. — Nach Dr. Rüppell im Winter in Ägypten.

277. *Turdus pilaris* Linn.

Buff. Pl. enl. t. 490. — Naum. V. D. t. 67, f. 2. — Nach Dr. Rüppell im Winter in Nubien.

278. *Cercotrichas* (Boje) *erythropterus*, Linn.
> Buff. Pl. enl. t. 354. — Gemein südlich vom 19° N. B.

279. *Pycnonotus* (Kuhl) *Arsinoë*, Licht.
> Häufig in N. O. Afrika südlich vom 24° N. B.

280. *Pycnonotus Levaillantii*, Temm.
> Le Vaill. t. 107, f. 1. — Im Fayum, in Mittel-Ägypten, im peträischen Arabien und an dem Bahr el abiad.

2. Timalinae.

281. *Crateropus* (Swainson) *leucocephalus*, Rüpp.
> Rüpp. Atl. t. 4. — Häufig in kleinen Gesellschaften im Buschwerk südlich vom 16° N. B.

282. *Crateropus leucopygius*, Rüpp.
> Rüpp. N. Wirbelth. t. 30, f. 1. — In Abyssinien.

*283. *Crateropus cinereus*, Heugl.
> An den Ufern des Bahr el abiad südlich vom 6° N. B. (Vielleicht identisch mit dem folgenden, von dem er sich blos durch geringere Grösse, Mangel des schwarzen, kahlen Fleckens hinter den Augen und graue Iris unterscheidet.)

284. *Crateropus plebejus*, Rüpp.
> Rüpp. Atl. t. 23. — In Kordofan.

285. *Crateropus rubiginosus*, Rüpp.
> Rüpp. Syst. Übers. t. 19. — In Schoa.

*286. *Crateropus rufescens*, Heugl.
> In den Äquatorialgegenden am Bahr el abiad.

*287. *Crateropus guttatus*, Heugl.
> Heugl. Beitr. t. 16. — Vom 10° N. B. südwärts, häufig am Ufer des Bahr el abiad.

288. *Crateropus limbatus*, Harris.
> Rüpp. Syst. Übers. S. 48. — Aus Schoa.

289. *Sphenura Acaciae*, Licht.
> Rüpp. Atl. t. 28. — In Ägypten, Nubien und Sennaar.

290. *Sphenura squamiceps*, Rüpp.
> Rüpp. Atl. t. 12. — Im peträischen Arabien.

> Anm. Ich glaube, dass Rüppell's *Crateropus rubiginosus* und *C. rufescens*, Mihi eher zu *Sphenura* zu zählen sind; doch gehen beide *Subgenera* so in einander über, dass eine Trennung derselben nicht einmal zweckmässig ist.

3. Oriolinae.

291. *Oriolus Galbula*, Linn.

Buff. Pl. enl. t. 26. — Naum. V. D. t. 61. — Von August bis April in N. O. Afrika, geht wenigstens bis Kordofan und Galabat südwärts. Männchen im Sommerkleide sind mir aber nie vorgekommen, mit Ausnahme eines aus Ben-Ghasi mir zugeschickten Exemplares.

***292. *Oriolus larvatus*, Licht.**

Am Ufer des Bahr el abiad südlich vom 10° N. B.

293. *Oriolus Meloxita*, Buff.

Rüpp. N. Wirbelth. t. 12. f. 1. — Häufig in Abyssinien und Ost-Sennaar. Geht nicht über 7000 F. Meereshöhe.

***294. *Oriolus chryseos*, Heugl.**

O. aureus, Le Vaill. Ois. d'Afr. t. 260 (?) — O. auratus, Vieill. (?) — Swains. Birds of West-Afr. II., t. I. — Heugl. Beitr. t. 19, fig. 1. — Bei Rosseres am blauen Fluss, in Fazoglo, Galabat und den Kolla-Ländern von West-Abyssinien. Ich glaube ihn auch in eine Sammlung vom Bahr el abiad gesehen zu haben.

C. MUSCICAPIDAE.

1. Muscicapinae.

295. *Muscicapa Grisola*, Linn.

Buff. Pl. enl. t. 565, f. 1. — Naum. V. D. t. 64, f. 1. — Den Winter über in ganz N. O. Afrika.

***296. *Muscicapa minuta*, Heugl.**

Heugl. Beitr. t. 17, f. 2. — Einzeln in buschigen Thälern von Abyssinien.

***297. *Muscicapa atricapilla*, Linn.**

M. luctuosa, Scopoli. — Naum. V. D. t. 64, f. 2, 3 und 4. — Im März und April in Unter-Ägypten.

298. *Muscicapa albicollis*, Temm.

M. collaris, Bechst. — Naum. V. D. t. 65. — Büff. Pl. enl. t. 565, f. 2. Im März und April häufig in Dattelwaldungen und Buschwerk in Unter-Ägypten und Arabien.

299. *Muscicapa semipartita*, Rüpp.

Rüpp. N. Wirbelth. t. 40. — Einzeln in Abyssinien, sehr häufig an den Ufern des Bahr el abiad, südl. vom 10° N. B. — Nach Rüppell auch in Kordofan.

300. *Muscicapa (?) chocolatina*, Rüpp.

Rüpp. Syst. Übers. t. 20. — Häufig im Buschwerk in Abyssinien. Geht bis über 10,000 F. Höhe.

(Heuglin.) 3

*301. *Muscicapa pallida*, Heugl.
> Einzeln in der Kolla und in Kordofan.

302. *Muscipeta* (Cuv.) *melanogaster*, Swainson.
> Häufig in Abyssinien, Sennaar, Kordofan, auf dem Bahr el abiad. Variirt mit weissem oder rostrothem Schwanz, zuweilen sogar ist eine der verlängerten Schwanzfedern von der einen, die anderen von der andern Farbe.

303. *Platysteira* (Jardine) *senegalensis*, Linn.
> L. Vaill. Ois. d'Afr. t. 161, f. 1 und 2. — Nicht selten in Abyssinien, Sennaar, Kordofan und auf dem weissen Flusse. Die Iris dieses hübschen kleinen Fliegenfängers ist schön schwefelgelb und seine Stimme gleicht dem reinsten Glockentone.

*304. *Bradornis* (Smith) *variegatus*, Heugl.
> Heugl. Beitr. t. 17, f. 3. — (Vielleicht identisch mit *Bradornis mariquensis*, Smith, Zool. Ill. Birds t. 113.) — Blos ein Exemplar vom Berge Lokoja am Bahr el abiad.

D. AMPELIDA.

1. Campephaginae.

305. *Graucalis* (Cuv.) *pectoralis*, Jardine.
> Jardine, Ornith. Illustr. t. 57. — In kleinen Gesellschaften in der Kolla West-Abyssiniens, seltener im Osten dieses Landes.

306. *Ceblepyris* (Cuv.) *Ignatii* Heugl.
> Heugl. Beitr. t. 18, f. 1. — (Vielleicht das Weibchen vom folgenden?) Selten am Bahr el abiad, zwischen dem 4—5° N. B.

307. *Ceblepyris phönicea*, Swainson.
> Swainson. Birds of Western Afr. I. t. 27 und 28. — Einzeln in Sennaar und Fazoglo, häufiger in Abyssinien, vorzüglich auf Juniperus-Bäumen.

308. *Ceblepyris (?) isabellina*, Heugl.
> Heugl. Beitr. t. 18, f. 2. — Einzeln in Ost-Abyssinien.

2. Dicrurinae.

309. *Melaenornis* (G. R. Gray) *edoloides*, Swainson.
> Swainson, Birds of Western Afr. I. t. 29. — In Schoa. (Rüpp.)

*310. *Melaenornis (?) melas*, Heugl.
> Beitr. t. 17, f. 1. — In Abyssinien und Fazoglo.

311. *Dicrurus* (Vieill.) *lugubris*, Ehrenb.
> Edolius divaricatus, Auct. — Ehrenb. Symbol. physic. Aves t. 8. — Gemein südlich vom 15° N. B.

E. LANIDAE.

1. Laninae.

312. *Lanius excubitor*, Linn.
> Buff. Pl. enl. t. 443. — Naum. V. D. t. 49. — Im Winter in Ägypten, Arabien und Nubien.

*313. *Lanius dealbatus*, Defil.
> Am Bahr el abiad.

*314. *Lanius excubitorius*, Des Mures.
> Lefebvre, Voy. en Abyss. t. 8. — *L. princeps*, Cabanis. — *L. macrocercus*, Defil. — In Schoa und am Bahr el abiad südlich vom 10° N. B.

*315. *Lanius leuconotus*, Heugl.
> An der ägyptischen Küste des rothen Meeres angetroffen.

316. *Lanius minor*, Linn.
> Buff. Pl. enl. t. 32, f. 1. — Naum. V. D. t. 50. — Im Winter in ganz N. O. Afrika, wahrscheinlich auch den Sommer über in Abyssinien.

317. *Enneoctonus* (Boje) *rufus*. Briss.
> Buff. Pl. enl. t. 9, f. 2. — Naum. V. D. t. 51. — Häufig in ganz N. O. Afrika.

318. *Enneoctonus Collurio*. Briss.
> *L. spinitorquus*, Auct. — Buff. Pl. enl. t. 31, f. 2. — Naum. V. D. t. 52. — In ganz N. O. Afrika.

*319. *Enneoctonus frenatus*, Licht.
> In Abyssinien und am Bahr el abiad.

*320. *Enneoctonus ferrugineus*, Heugl.
> Heugl. Beitr. t. 19, f. 2. — *L. ruficaudus*, Brehm (?) — Wie der Vorige.

*321. *Enneoctonus paradoxus*, Brehm.
> Im südlichen Nubien. — Ähnlich dem *L. ruficeps*, aber mit durchgehender weisser Binde an der Schwanzbasis.

322. *Nilaus capensis*, Swainson.
> *L. Brubru*, Lath. — Le Vaill. Ois. t. 71. — Häufig in Abyssinien, Sennaar und am Bahr el abiad.

323. *Telophorus* (Swainson) *aethiopicus*, Vieill.
> Rüpp. Syst. Übers. t. 23. — In Abyssinien, Sennaar, am Bahr el abiad und in Kordofan.

324. *Telophorus erythropterus*, Shaw.
> Buff. Pl. enl. t. 479, f. 1. — Südlich vom 15° N. B. nicht selten.

325. *Telophorus (?) collaris*, Lath.

Jard. Ill. t. 52. — In Abyssinien und am Bahr el abiad.

326. *Prionops* (Vieill.) *cristatus*, Rüpp.

Rüpp. N. Wirb. t. 12, f. 1. — *Pr. poliocephalus*, Salt. Trav. App. p. 50 (?) — Südlich vom 15° N. B. in kleinen Truppen. Ob *Pr. talacoma* vorkömmt, kann ich nicht geradezu behaupten, doch habe ich Exemplare am Bahr el abiad eingesammelt, die auf die Smith'sche Abbildung und Beschreibung ziemlich passen.

327. *Eurocephalus* (A. Smith) *Rüppellii*, Bonap.

Rüpp. Syst. Übers. t. 27 als *E. anguitimens*, Smith.— In Schoa und am Bahr el abiad, südlich vom 8° N. B.

*328. *Corvinella* (Less.) *affinis*, Heugl.

Heugl. Beitr. t. 19, fig. 3. — Häufig am Bahr el abiad südlich vom 7° N. B.

2. Thamnophilinae.

329. *Dryoscopus* (Boje) *cubla*, Lath.

Le Vaill. Ois. t. 73. — Südlich vom 15° N. B. häufig.

330. *Laniarius* (Vieill.) *cruentatus*, Ehrenb.

Ehrenb. Symb. phys. Aves t. 3. — An der abyssinischen Küste und in Fazoglo ziemlich häufig. — Geht nordwärts bis in die Länder der Bokhos und Sauakin.

331. *Laniarius erythrogaster*, Rüpp.

Rüpp. Atl. t. 29. — *Malaconotus roseus*, Iard. und Selb. — Südlich vom 15° N. B. in den Nil-Ländern. In Ost-Abyssinien nicht von mir beobachtet.

332. *Malaconotus* (Swainson) *Icterus*, Vieill.

M. olivaceus, Vieill. Gal. t. 129. — *M. poliocephalus*, Swainson (?).— In Kordofan, am weissen und blauen Fluss, in der Kolla von W.-Abyssinien einzeln auf Hochbäumen.

333. *Malaconotus similis*, Smith.

M. chrysogaster, Swainson. — Smith, Ill. Zool., Birds t. 46. —. Rüpp. Syst. Übers. t. 24. — Einzeln in Fazoglo, selten am Mareb und in Schoa.

*334. *Malaconotus (?) Malzacii*, Heugl.

Heugl. Beitr. t. 17, f. 4. — Blos ein Exemplar am Bahr el abiad bei den Bohrr-Negern aufgefunden. — (Diese Art gehört vielleicht zum Genus *Trichophorus*.)

4. Conirostres.

A. CORVIDAE.

1. Callaeatinae.

335. *Ptilostomus* (Swainson) *senegalensis,* Gmel.

Buff. Pl. enl. t. 538. — Einzeln und in kleinen Gesellschaften in Abyssinien, Kordofan und häufig auf dem weissen Fluss.

***336.** *Ptilostomus poëcilorhynchus,* Wagl.

Auf dem Bahr el abiad.

2. Corvinae.

Die Raben im Allgemeinen heissen auf arabisch „Ghurab" (غراب).

337. *Pica* (Briss.) *caudata,* Ray.

Corvus Pica, Linn. — Buff. Pl. enl. t. 338. — Naum. V. D. t. 56, f. 2. — Nach Rüppell im Winter in Unter-Ägypten.

338. *Corvus Cornix.* Linn.

Var. Naum. V. Deutschl. t. 54. — Häufig in Unter-Ägypten und Arabien, das ganze Jahr hindurch. Brütet im Frühjahr auf Sykomoren, Palmen und Acacia Lebek. Ob *Corr. Corone* wirklich vorkommt, kann ich nicht angeben.

339. *Corvus Monedula,* Linn.

Buff. Pl. enl. t. 523. — Naum. V. D. t. 56, f. 1. — Nach Dr. Rüppell häufig in Unter-Ägypten. Von mir nie beobachtet.

340. *Corvus frugilegus,* Linn.

Buff. Pl. enl. t. 484. — Naum. V. D. t. 55, f. 1 und 2. — In Unter-Ägypten. Scheint auch den Sommer über zu bleiben.

***341.** *Corvus minor.* Heugl.

In der Wüste bei Suez, im peträischen Arabien.

342. *Corvus umbrinus,* Hasselq.

In den Wüsten von ganz N. O. Afrika bis zum 13° N. B. beobachtet. Heisst auf arabisch „Ghuráb nochi" (غراب نوحى).

343. *Corvus affinis.* Rüpp.

Rüpp. N. Wirbelth. t. 10, f. 2. — Sehr gemein in Abyssinien, bis zu 11.000 F. hoch, oft in ungeheuren Gesellschaften. Einzeln in Kordofan.

344. *Corvus capensis.* Le Vaill.

Le Vaill. Ois. d'Afr. t. 52. — Einzelner als der vorhergehende. In Kordofan, Sennaar und Abyssinien, wo ich ihn auf den Gebirgen von Simehn noch antraf.

345. *Corvus scapulatus,* Daud.

C. leuconotos, Swainson, Birds of Western Afr. I. t. 5. — Sehr gemein südlich vom 20° N. B.

346. *Corvultur* (L e s s.) *crassirostris*, R ü p p.

R ü p p. N. Wirbelth. t. 8. — Gemein in Abyssinien, namentlich in den Gebirgsgegenden, von wo aus er sich aber bis Galabat und Taka verfliegt. Ausser seinem dem des *C. Corax* ähnlichen Ruf, lässt er zuweilen im Fluge ein ganz sonderbares langgezogenes pre-è-ë-ë-ë-ë-ë hören. Ich fand sein Nest blos ein einziges Mal an einem ganz unzugänglichen Orte über einem hohen Wasserfall auf Lianen im Monate Februar.

3. F r e g i l i n a e.

347. *Fregilus* (C u v.) *graculus*, L i n n.

B u f f. Pl. enl. t. 255. — N a u m. V. D. t. 57, f. 2. — Auf den Hochgebirgen des peträischen Arabien und Abyssiniens; in Simehn bis zu 14.000 F. Höhe. (Nicht von mir selbst beobachtet.)

B. STURNIDAE.

1. P t i l o n o r h y n c h i n a e.

348. *Ptilonorhynchus* (K u h l) *albirostris*, R ü p p.

R ü p p. N. Wirbelth. t. 9. — Häufig in Ost- und Central-Abyssinien, in grösseren Gesellschaften auf Buschwerk und in alten Gebäuden.

349. *Lamprotornis leucogaster*, T e m m.

B u f f. Pl. enl. t. 648, 1. — In kleinen Gesellschaften in den wärmeren Gegenden Abyssiniens, vorzüglich längs der Ufer fliessender Gewässer.

350. *Lamprotornis nitens*, T e m m.

B u f f. Pl. enl. t. 561. — Sehr gemein südlich vom 20° N. B.

351. *Lamprotornis rufiventris*, R ü p p.

R ü p p. N. Wirbelth. t. 11, f. 1. — Überall häufig südlich vom 18° N. B.

352. *Lamprotornis chalybaeus*, E h r e n b.

Ehrenb. Symb. Phys. Aves. I. t. 10. — In Abyssinien.

353. *Lamprotornis superbus*, R ü p p.

R ü p p. Syst. Übers. t. 26. — Am Bahr el abiad gemein, aber nicht nördlicher als 8° N. B. — In Schoa.

354. *Lamprotornis* (*Juida*, L e s s.) *aeneus*, L i n n.

Le V a i l l. Ois. d'Afr. t. 87. — In Kordofan, Sennaar und Abyssinien, vorzüglich in der Wald-Region.

*355. *Lamprotornis aeneocephalus*, H e u g l.

In Abyssinien, Kordofan, Sennaar und auf dem Bahr el abiad.

356. *Lamprotornis Burchellii*, S m i t h.

S m i t h, Ill. Zool. of South Afr. Birds. t. 47. — *Lamprotornis purpuroptera*, R ü p p. Syst. Übers. t. 25. — Einzeln in (Kordofan?) Abyssinien. — In Schoa.

357. *Lamprotornis morio*, Temm.

Le Vaill. Ois. d'Afr. t. 83. — Gemein in Abyssinien, einzeln in Fazoglo und Kordofan. Im Spätherbst 1851 auf Palmen und Tamarix mannifera in Wadi-feràn im peträischen Arabien beobachtet.

358. *Lamprotornis tenuirostris*, Rüpp.

Rüpp. N. Wirbelth. t. 10, f. 1. — In Abyssinien ziemlich häufig.

2. Buphaginae.

359. *Buphaga* (Linn.) *erythrorhyncha*, Stanley.

Tem. Pl. col. t. 465. — *B. abyssinica*, Ehrenb. Symb. t. IX (?) — In Abyssinien, Fazoglo und am weissen Fluss.

***360.** *Buphaga africana*. Linn.

Häufig in Galabat, West-Abyssinien, im Marebthal und auf dem Bahr el abiad. — Nie in Gesellschaft mit der vorigen Art.

3. Sturninae.

361. *Dilophus* (Vieill.) *carunculatus*, Linn.

Le Vaill. Ois. d'Afr. t. 93. — In Abyssinien das ganze Jahr hindurch, an dem weissen und blauen Fluss, nach Rüppell auch in Nubien.

362. *Sturnus vulgaris*, Linn.

Buff. Pl. enl. t. 75. — Naum. V. D. t. 62. — Im Winter in ganz Ägypten und im peträischen Arabien. — *St. unicolor*, Temm. ist mir dagegen nie vorgekommen.

C. FRINGILLIDAE.

1. Plocinae.

Alle Finken heissen auf arabisch „Asfur" (عصفور).

363. *Textor Alecto*, Temm.

Temm. Pl. col. t. 446. — In Kordofan, Sennaar, Fazoglo und Abyssinien.

364. *Textor Dinemellii*, Horsfield.

G. R. Gray, Genera of Birds I. t. 87. fig. dext. — Rüpp. Syst. Übers. t. 30. — In Schoa und auf dem Bahr el abiad südlich vom 8° N. B. in grossen Schaaren.

365. *Ploceus* (Cuv.) *flavo-viridis*, Rüpp.

Rüpp. Syst. Übers. t. 29. — Häufig in grossen Flügen. In Abyssinien, Schoa und Fazoglo.

***366.** *Ploceus affinis*. Heugl.

Am Bahr el abiad.

367. *Ploceus Galbula*, Rüpp.

Rüpp. N. Wirbelth. t. 32, f. 2. — Häufig an der abyssinischen Ostküste, namentlich im Marebthal.

368. *Ploceus larvatus*, Rüpp.

Rüpp. N. Wirbelth. t. 32, f. 1. — Häufig in Abyssinien und in den Vorgebirgen der Nil-Quellen-Länder (zwischen dem 4—6° N. B.).

*369. *Ploceus aurantius*, Vieill.

Nicht selten in Tigréh um Wohnungen, in deren Nähe er sein Nest auf Bäumen aufhängt.

*370. *Ploceus auranticeps*, Heugl.

Heugl Beitr. t. 20, f. 2, und t. 41, das Ei. — Blos in der Nähe von Chartum in Gärten und am Bahr el abiad beobachtet.

*371. *Ploceus citreonucha*, Heugl.

Im südlichen Fazoglo.

372. *Ploceus intermedius*, Harris.

Beschr. in Rüppell's Übers. S. 71. — Heugl. Beitr. t. 20, fig. 1. — In Schoa und bei den Bari-Negern (zwischen dem 4—5° N. B.) am Bahr el abiad.

373. *Ploceus rubiginosus*, Rüpp.

Rüpp. N. Wirbelth. t. 32, f. 1. — Von Dr. Rüppell in der Provinz Tembehn in Ost-Abyssinien gefunden.

*374. *Ploceus melanocephalus*, Herzog Paul v. Würtemberg.

Von Herzog Paul v. Würtemberg im südlichen Nubien entdeckt.

*375. *Ploceus erythrophthalmos*, Heugl.

Einzeln in Ost-Sennaar.

376. *Ploceus erythrocephalus*, Harris.

Rüpp. Syst. Übers. S. 71. — In Schoa, dem südlichen Sennaar und Fazoglo.

377. *Ploceus aurifrons*, Temm.

Temm. Pl. col. t. 175. — Nach Dr. Rüppell in Sennaar und Abyssinien.

*378. *Ploceus leucophthalmus*, Heugl.

Heugl. Beitr. t. 21, fig. 1. — Um Gondar und in der Provinz Simehn in Abyssinien.

*379. *Ploceus personatus*, Herzog Paul v. Würtemberg.

Von Herzog Paul v. Würtemberg in Kamamil (südöstl. von Fazoglo) eingesammelt.

380. *Euplectes* (Swainson) *xanthomelas*, Rüpp.

Rüpp. Syst. Übers. t. 28. — In grossen Flügen in den abyssinischen Gebirgs-Ländern östlich vom Tana-See.

381. *Euplectes abyssinicus*, Buff.

E. *Taha*, Smith. South Afr. t. 7 (?) — Wie der vorhergehende.

382. *Euplectes ignicolor*, Ehrenb.

Ehrenb. Symb. Phys. Aves. t. 2. — In Nubien südlich vom 21° N. B., in Sennaar und Abyssinien.

383. *Euplectes craspedopterus.* Schif.

Eine dem *E. flammiceps,* Swains. ähnliche Art, die Rüppell früher für identisch mit ihr hielt und aufführte; findet sich in kleinen Flügen in ganz Abyssinien.

*384. *Euplectes pyrrhocephalus.* Heugl.

Heugl. Beitr. t. 21, fig. 3, und t. 22. f. 2. — Auf dem Bahr el abiad zwischen dem 4—5° N. B.

*385. *Euplectes strictos,* Heugl.

Auf den Gebirgen von Simehn in Abyssinien.

*386. *Euplectes (?) griseus,* Heugl.

Heugl. Beitr. t. 21, fig. 2. — Am Mareb und im südöstlichen Kordofan.

Anmerkung. Ich glaube auch öfter *E. Oryx* beobachtet zu haben.

2. Coccothraustinae.

*387. *Coccothraustes (?)* (Briss.) *sanguinirostris (?)* Linn.

Euplectes Quelea, Buff. Pl. enl. t. 223 und 183 (?) — *E. gregarius,* Herz. Paul von Würtemberg. — In zahlreichen Flügen in Fazoglo, Sennaar und Ost-Abyssinien. Erscheint mit den Sommerregen auf einige Monate in Chartum.

*388. *Coccothraustes (?)* scutatus,* Heugl.

Vielleicht *Fringilla cucullata,* Vieill. — Henglin Beitr. t. 23, fig. 3. — Blos ein Exemplar in den Kolla-Ländern von West-Abyssinien beobachtet.

389. *Coccothraustes (?) cantans,* Linn.

Brown, Illust. t. 27, f. 2. — In Nubien, Kordofan und Sennaar, oft in zahlreichen Flügen.

390. *Vidua* (Cuv.) *paradisea,* Linn.

Häufig südlich vom 15°. N. B.

391. *Vidua erythrorhyncha,* Swainson.

Vieill. t. 36. — Wie die Vorhergehende.

392. *Coliuspasser* (Rüpp.) *macrurus,* Linn.

Brown, Illust. t. 11. — Buffon t. 183. — Schaarenweise auf Arundo Donax und Buschwerk in den Umgebungen von Gondar und in Tigréh.

393. *Coliuspasser torquatus,* Rüpp.

Rüpp. N. Wirbelth. t. 36, f. 2. — Im östlichen Abyssinien.

*394. *Coliuspasser phöniceus,* Heugl.

Heuglin Beitr. t. 20, fig. 3 a und b. — Bis jetzt blos am Sobat-Flusse gefunden.

3. Fringillinae.

395. *Fringilla (Estrelda, Swainson) coerulescens, Linn.*
Vieill. Ois. chant. t. 12. — Südwärts vom 18° N. B.

396. *Fringilla (Estrelda) bengalus, Linn.*
Vieill. Gal. t. 5. — Südwärts vom 15° N. B.

397. *Fringilla (Estrelda) minima, Vieill.*
Vieill. Taf. 10. — Sehr häufig südlich vom 22° N. B. in Wohnungen und in Wäldern.

398. *Fringilla (Estrelda) cinerea, Vieill.*
Vieill. Taf. 6. — Südlich vom 14° N. B.

*399. *Fringilla (Estrelda) flaviventris, Heugl.*
Fr. melpoda, Vieill. (?) — Blos im östlichen Abyssinien eingesammelt und bei Gondar bemerkt.

400. *Fringilla (Pytelia, Swainson) elegans, Vieill.*
Vieill. T. 25. — In Nubien, Sennaar, Kordofan und Abyssinien.

401. *Fringilla (Pytelia) lineata, Heugl.*
Heugl. Beitr. t. 23, f. 2. — *Fr. phönicoptera,* Swains. Birds of W. Afr. I. t. 16 (?) — In den Kolla-Ländern von West-Abyssinien.

*402. *Fringilla (Amadina, Swainson) squamifrons, A. Smith.*
Smith, Ill. of South Afr. t. 96. — In den Kolla-Ländern von West-Abyssinien und in Beni-Schangollo.

403. *Fringilla (Amadina) detruncata, Licht.*
Vieill. t. 58. — *Amadina fasciata.* Swainson, Birds of W. Afr. t. 15. — Südlich vom 14° N. B.

404. *Fringilla (Amadina) nitens, Vieill.*
Vieill. t. 21. — Gemein in Nubien, Kordofan, Sennaar und Abyssinien.

405. *Fringilla (Amadina) frontalis, Vieill.*
Vieill. t. 16. — Ebendaher.

406. *Fringilla (Amadina) larvata, Rüpp.*
Rüpp. N. Wirbelth. t. 36, f. 1. — Häufig in den Kolla-Ländern von West-Abyssinien bis Galabat, seltener im Takasseh-Quellenland.

407. *Fringilla (Amadina) polyzona, Temm.*
Temm. Pl. col. t. 221, f. 2 und 3. — In Abyssinien.

*408. *Fringilla (Dryospiza, Keys. et Blas.) Serinus, Linn.*
Naum. V. D. t. 123. — Im März nicht selten in Unter-Ägypten.

*409. *Fringilla (Dryospiza) leucopygia, Heugl.*
Heugl. Beitr. t. 24, f. 3 und 4. — In Ost-Sennaar und Galabat, vielleicht auch in Kordofan.

410. *Fringilla (Dryospiza) xanthopygia,* Rüpp.
Rüpp. N. Wirbelth. t. 35, fig. 1. — In Abyssinien, vorzüglich im Takasseh-Quellenland.

411. *Fringilla (Dryospiza) tristriata,* Rüpp.
Rüpp. N. Wirbelth. t. 35, f. 2. — Häufig in Central- und Ost-Abyssinien. Geht über 10,000 F. hoch

*412. *Fringilla (Dryospiza) aurifrons,* Heugl.
Heugl. Beitr. t. 23, fig. 1. — *Crithagra chrysopyga,* Swains. Birds of West. Afr. t. 17 (?) — In Ost-Sennaar.

413. *Fringilla (Dryospiza) nigriceps,* Rüpp.
Rüpp. N. Wirbelth. t. 34, fig. 2. — In Abyssinien in grossen Flügen. Bis 11,000 F. Meereshöhe beobachtet.

414. *Fringilla (Dryospiza) citrinelloides,* Rüpp.
Rüpp. N. Wirbelth. t. 34, f. 1. — Ebendaher.

415. *Fringilla (Dryospiza) lutea,* Temm.
Temm. Pl. col. t. 365. — Nicht selten in Nubien, Sennaar und Kordofan. In Chartum erscheint sie in grossen Flügen zu Anfang der Sommerregen und zieht im September wieder weg.

416. *Fringilla (Acanthus,* Keys. et Blas.*) Carduelis,* Linn.
Im Winter einzeln in Ägypten.

417. *Fringilla (Acanthus) Linaria,* Linn.
Buff. Pl. enl. t. 51, f. 1. — Nach Rüppell im Winter in Ägypten.

*418. *Fringilla (Acanthus) chrysomelas,* Heugl.
Heugl. Beitr. t. 24, f. 5 und 6. — In Kordofan und Sennaar.

419. *Fringilla (Linota,* Bonap.*) cannabina,* Linn.
Naum. V. D. t. 126. — Im Winter in Ägypten.

*420. *Fringilla (Pyrgita,* Cuv.*) coelebs,* Linn.
Naum. V. D. t. 118. — Im Winter in Ägypten.

*421. *Fringilla (Pyrgita) molybdocephala,* Heugl.
Heugl. Beitr. t. 20, fig. 4. — In Flügen am Bahr el abiad zwischen dem 7—9° N. B., vorzüglich im Innern des Landes an den Flüssen Faff, Namm und Niebor.

422. *Fringilla (Passer,* Ray*) domestica,* Linn.

423. *Fringilla (Passer) cisalpina,* Temm.
Nach Rüppell häufig in Ägypten und Nubien.

424. *Fringilla (Passer) hispaniolensis,* Temm.
Descr. de l'Egypte. t. 3, fig 7. — Schaarenweise in Unter-Ägypten. (Rüppell.)

*425. *Fringilla (Passer) simplex*, Licht.
> Blos in der Bajuda-Wüste, in Kordofan und Sennaar.

*426. *Fringilla (Passer) motitensis*, A. Smith.
> Smith, Ill. of South Afr. Zool. t. 114.

*427. *Fringilla (Passer) lunata*, Heugl.
> Heugl. Beitr. t. 24, f. 1 und 2. — In Ost-Sennaar.

428. *Fringilla (Passer) Swainsonii*, Rüpp.
> Rüpp. N. Wirbelth. t. 33, f. 2. — Häufig südlich vom 15° N. B.

429. *Fringilla (Passer) montana*, Linn.
> Buff. Pl. enl. t. 267, f. 1. — In Ägypten.
>> Anm. Nach Bonaparte kommen folgende eigentliche Sperlinge in N. O. Afrika vor.
>>> *Passer rufipectus*, Bonap. Ägypten.
>>> *Passer arboreus*, Licht. Sennaar.
>>> *Passer Rüppellii*, Bonap. Ost-Afr.

4. Emberizinae.

430. *Emberiza hortulana*, Linn.
> Buff. Pl. enl. t. 247, f. 1. — Naum. V. D. t. 103. — Ich weiss nicht, ob die Fett-Amer sich das ganze Jahr in Abyssinien aufhält oder nicht, glaube aber, dass sie dort Standvogel ist. Vom Jänner bis April traf ich sie überall ungemein häufig, bis über 10,000 F. Meereshöhe. — Im März 1850 traf ich sie öfters auf Brachfeldern und Zedern bei Alexandria gemeinschaftlich mit *E. caesia*, mit der sie auch in Benehmen und Lockton ganz übereinstimmt.

431. *Emberiza caesia*, Rüpp.
> Rüpp. Atl. t. 10, fig. 6. — Häufig in Ägypten, wo sie brütet, im Winter auch in Abyssinien.

432. *Emberiza flavigastra*, Rüpp.
> Rüpp. Atl. t. 25. — In Ost-Sennaar und Kordofan, einzeln auf Bäumen und in Wäldern.

433. *Emberiza miliaria*, Linn.
> Buff. Pl. enl. t. 233. — Naum. V. D. t. 101, f. 1. — Im Winter häufig in Unter-Ägypten.

434. *Emberiza striolata*, Rüpp.
> Rüpp. Atl. t. 10, f. a. — Nach Rüppell in Nubien. Ich fand sie blos in Ost-Sennaar und den Hochländern am Dender und Rahad.

435. *Emberiza septemstriata*, Rüpp.
> Rüpp. Neue Wirbelth. t. 30, f. 2. — Von mir blos bei Gondar in fast trockenen Flussbetten und an deren Ufern beobachtet. Ich fand dort im Jänner öfters ihr Nest.

Anm. Wenn ich nicht irre, habe ich in Ägypten auch *Emberiza Schöniclus* und *citrinella* bemerkt, doch finde ich keine Notizen mehr hierüber. Jedenfalls werden sie blos im Winter dort vorkommen. *E. melanocephala* und *E. pyrrhuloides* habe ich vergebens gesucht.

436. *Plocepasser* (A. Smith) *superciliosus*, Rüpp.

Rüpp. Atl. t. 15. — Häufig in Sennaar und Abyssinien.

437. *Plocepasser Mahali*, A. Smith.

P. melanorhynchus, Rüpp. — Heugl. Beitr. t. 22, f. 1. — Smith. Ill. of South Afr. Zool. Birds. t. 63. — In Schoa und am Bahr el abiad südlich vom 10° N. B.

5. Alaudinae.

438. *Certhialauda* (Swainson) *desertorum*, Stanley.

Rüpp. Atl. t. 5. — In Ägypten, Nubien und Arabien. Standvogel.

439. *Melanocorypha* (Boje) *Calandra*, Linn.

Buff. Pl. enl. t. 363, f. 2. — Naum. V. D. t. 98, f. 1. — Nach Rüppell häufig in Nubien und Ägypten. Ich traf sie einmal im März bei Alexandria und im Winter in kleinen Gesellschaften mit *Alauda ruficeps* am Tana-See.

440. *Melanocorypha brachydactyla*, Leisl.

Leisl. Wetterauer Annalen, VIII, t. 19. — Naum. V. D. t. 98, f. 2. — Im Winter und Frühjahr in Nubien, Ägypten und Arabien.

441. *Melanocorypha isabellina*, Temm.

Temm. Pl. col. t. 244. — In Ägypten, Nubien und Arabien. Zugvogel.

442. *Otocornis* (Boje) *bilopha*, Rüpp.

Temm. Pl. col. t. 244. — Ist wohl nur Varietät von *Alauda alpestris*; ich fand sie blos im peträischen Arabien im Sommer. Im Winter ist sie mir dort nicht vorgekommen.

443. *Galerida* (Boje) *cristata*, Linn.

Buff. Pl. enl. t. 503, f. 1. — Naum. V. D. t. 99, f. 1. — Häufig als Standvogel in ganz N. O. Afrika.

444. *Alauda arvensis*, Linn.

Buff. Pl. enl. t. 363, f. 1. — Naum. V. D. t. 100, f. 1. — Im Winter in Nord-Afrika.

*445. *Alauda arborea*, Linn.

Naum. V. D. t. 100, f. 2. — Von Dr. A. Brehm bei Alexandria im Winter erlegt.

*446. *Alauda praestigiatrix*, Le Vaill.

Le Vaill. Ois. d'Afr. t. 190. — (*A. marginipennis*, P. v. Würtemberg.) — Selten in Sennaar und Kordofan.

447. *Megalophonus* (G. R. Gray) *ruficeps*, Rüpp.

Rüpp. N. Wirbelth. t. 38, f. 1. — Häufig in Abyssinien und Ost-Sennaar. — Geht bis 10,000 F. Meereshöhe.

448. *Macronyx* (Swainson) *flavicollis*, Rüpp.

Rüpp. N. Wirbelth. t. 38, f. 2. — Nach Rüppell häufig in Abyssinien. Ich fand ihn blos auf sumpfigen Wiesen in der Provinz Woggara im Februar und März beiläufig auf einer Höhe von 7 — 9000 F.

449. *Pyrrhalauda* (Smith) *crucigera*, Temm.

Temm. Pl. col. t. 269, f. 1. — In Arabien und Kordofan.

450. *Pyrrhalauda leucotis*, Stanley.

Temm. Pl. col. t. 269, f. 2. — Sehr häufig in Nubien, Sennaar und Kordofan. Wandert im Herbst (September) öfters in Flügen wie die Lerchen.

> Anm. Obwohl die beiden oben angeführten Pyrrhalauden im Allgemeinen den Beschreibungen und Abbildungen Temminck's etc. gleichen, so glaube ich doch kaum an die Identität der zwei sudanischen Arten mit der wahren *P. crucigera* und *P. leucotis*. Eine Vergleichung mit Gap'schen Original-Exemplaren kann ich nicht anstellen, muss daher die Entscheidung dieser Frage für die Zukunft verschieben.

6. Pyrrhulinae.

451. *Pyrrhula* (Briss.) (*Erythrospiza*, Bon.) *githaginea*, Licht.

Temm. Pl. col. t. 400. — In Mittel- und Ober-Ägypten und Nubien auf Brachfeldern und Felsen. Brütet im April; ob sie Standvogel ist, kann ich nicht genau angeben. Ich fand sie im Februar, Mai und Juni, nicht aber im October und November, bei Assuan.

452. *Pyrrhula sinoica*, Licht.

Temm. Pl. col. t. 375. — Zum Subgenus *Carpodacus*, Kaup gehörig. — Im peträischen Arabien in kleinen Flügen.

453. *Pyrrhula* (?) *striolata*, Rüpp.

Rüpp. N. Wirbelth. t. 37, f. 1. — Zu Serinus (Boje) nach Bonaparte gehörig. — In Central- und Ost-Abyssinien; geht über 10,000 Fuss Höhe.

D. COLIDAE.

454. *Colius senegalensis*, Linn.

Vieill. Gal. t. 51. — In kleinen Gesellschaften in Nubien, Sennaar, Abyssinien und Kordofan.

455. *Colius leucotis*, Rüpp.

Rüpp. Mus. Senkenb. Vol. III, t. 2, f. 1. — In ganz Abyssinien, im südlichen Sennaar und Fazoglo und an den Ufern des weissen Flusses vom 10° N. B. südwärts.

E. BUCEROTIDAE.

456. *Tragopan* (Möhring) *abyssinicus*, Gmel.
Buff. Pl. enl. t. 779. — Paarweise in Abyssinien, seltener in Sennaar,
Kordofan und längs des Bahr el abiad. Heisst auf arabisch „Abu qarn"
(ابو قرن), auf amharisch „Abba-Gamba".

457. *Buceros* (Linn.) *cristatus*, Rüpp.
Rüpp. N. Wirbelth. Vögel. t. 1. — In den abyssinischen Tiefländern,
namentlich in Godjam, Damot, am Tana-See, häufiger in Schoa.

458. *Toccus* (Less.) *erythrorhynchus*, Lath.
Buff. Pl. enl. t. 260. — Gemein südlich vom 16⁰ N. B.

***459. *Toccus nasutus*, Lath.**
Buff. Pl. enl. t. 890. — Wie der Vorige, doch einzelner.

460. *Toccus limbatus*, Rüpp.
Rüpp. N. Wirbelth. t. 2, f. 2. — In Abyssinien und Kordofan, auch
am Bahr el abiad beobachtet.

461. *Toccus flavirostris*, Lath.
Rüpp. N. Wirbelth. t. 2, f. 1. — In Abyssinien.

***462. *Toccus poëcilorhynchus*, Vieill. (?)**
Heugl. Beitr. t. 25. — Bei Chartum und längs des ganzen Bahr
el abiad.

F. MUSOPHAGIDAE.

463. *Turacus* (Cuv.) *leucotis*, Rüpp.
Corythaix leucotis, Rüpp. N. Wirbelth. t. 3. — Häufig an baum-
reichen Wildbächen in Abyssinien; geht nicht über 7—8000 Fuss
Meereshöhe.

***464. *Turacus leucolophus*, Heugl.**
Corythaix leucolopha, Heugl. Beitr. t. 26. — Bis jetzt blos
am (Berge) Belinia zwischen dem 4. und 5⁰ N. B. im Gebiete der Bari-
Neger beobachtet.

465. *Chizaerhis* (Wagl.) *zonura*, Rüpp.
Rüpp. N. Wirbelth. t. 4. — Häufig in Abyssinien und am Bahr el
abiad, seltener am blauen Fluss, auf Hochbäumen.

466. *Chizaerhis personata*, Rüpp.
Zool. Transact. V. 3, t. 16. — In Schoa.

467. *Chizaerhis leucogaster*, Rüpp.
Zool. Transact. V. 3, t. 17. — In Schoa.

III. ORDNUNG. *SCANSORES* (KLETTERVÖGEL).

A. PSITTACIDAE.

Auf arabisch heissen die Papageien „Durra" und „Babagán" (درّه , بغان).

468. *Pionus* (Wagl.) *Meyeri*, Rüpp.

Rüpp. Atlas, t. 11. — In Gesellschaften und einzeln, vorzüglich in der Waldregion, nie nördlich vom 14° N. B. beobachtet.

469. *Pionus flavifrons*, Rüpp.

Rüpp. Syst. Übers. t. 31. — In Schoa: wahrscheinlich auch auf dem Bahr el abiad in südlicheren Breiten.

470. *Pionus rufiventris*, Rüpp.

Rüpp. Syst. Übers. t. 32. — In Schoa.

471. *Pionus Levaillantii*, Kuhl (?)

Le Vaill. Ois. t. 130. — Von Dr. Rüppell in den Gebirgen von Simehn beobachtet. — Ich habe mich in Abyssinien oft nach diesem Vogel erkundigt, konnte aber auch nichts Näheres über ihn erfahren, als dass ein Individuum nach Frankreich geschickt worden sei.

472. *Psittacula* (Briss.) *Tarantae*, Stanley.

Lear, Psittac. t. 39. — Häufig in ganz Abyssinien. Ich traf ihn noch bis gegen 9000 Fuss hoch an. Er lebt vorzüglich auf Juniperus-Bäumen.

473. *Palaeornis* (Vigors) *cubicularis*, Hasselq.

Le Vaill. Perr. t. 22. — Häufig und oft in grossen Gesellschaften südlich vom 15° N. B. — Soll zuweilen weit nördlicher ziehen und selbst in Ägypten vorkommen (?)

B. PICIDAE.

1. Bucconinae.

474. *Laimodon* (G. R. Gray) *melanocephalus*, Rüpp.

Pogonias melanocephalus Rüpp. Atl. t. 28. — In Sennaar und Kordofan (Rüpp.). Ist mir bis jetzt nie vorgekommen.

475. *Laimodon Vieilloti*, Leach.

Leach, Zoolog. Miscell. Vol. II, t. 97. — Überall südlich vom 14° N. B.

476. *Laimodon Brucei*, Rüpp.

Rüpp. N. Wirbelth. t. 20, f. 1. — In Abyssinien, Sennaar und Kordofan.

477. *Laimodon undatus*, Rüpp.

Rüpp. N. Wirbelth. t. 20, f. 2. — In Abyssinien und Sennaar.

***478. *Laimodon leucocephalus*, Heugl.**

Heugl. Beitr. t. 27, f. 1. — Am weissen Fluss, südlich vom 8° N. B ziemlich häufig.

***479. *Laimodon diadematus*, Heugl.**

Heugl. Beitr. t. 28, f. 1. — Bis jetzt blos im Lande der Kitsch-Neger am Bahr el abiad, zwischen dem 7—8° N. B. gefunden.

480. *Laimodon laevirostris*, Leach.

Leach, Zool. Miscellany V. II, t. 77. — Häufig in Schoa.

481. *Barbatula* (Less.) *chrysocomus*, Temm.

Temm. Pl. col. t. 536. — Einzeln auf Gebüsch und Bäumen längs der Ufer fliessender Bäche in Sennaar und Abyssinien.

***482. *Trachyphonus* (Ranzani) *squamiceps*, Heugl.**

Heugl. Beitr. t. 28, f. 2. — Im Lande der Kitsch-Neger am Bahr el abiad.

483. *Trachyphonus margaritatus*, Rüpp.

Rüpp. Atl. t. 20. — Häufig südlich vom 18° N. B.

2. Picinae.

484. *Dendrobates* (Swainson) *Schoënsis*, Rüpp.

Rüpp. Syst. Übers. t. 33. — In Schoa.

485. *Dendrobates poicephulus*, Swainson.

Rüpp. Syst. Übers. t. 34. — In Sennaar, Kordofan und Abyssinien. Das Männchen hat einen schönen carmoisinrothen Scheitel.

486. *Dendrobates Hemprichii*, Ehrenb.

Rüpp. Syst. Übers. t. 35. — In Kordofan, Sennaar, Abyssinien und Fazoglo.

487. *Dendromus* (Swainson) *aethiopicus*, Hemprich.

Häufig südlich vom 20° N. B.

488. *Dendromus (?) abyssinicus*, Stanley.

In Abyssinien. Von mir nicht beobachtet.

3. Yunginae.

489. *Yunx Torquilla*, Linn.

In Ägypten, Nubien, Abyssinien und Arabien. Wahrscheinlich blos im Winter.

490. *Yunx aequatorialis*, Rüpp.

Rüpp. Syst. Übers. t. 37. — In Schoa.

C. CUCULIDAE.

1. Indicatorinae.

491. *Indicator* (Le Vaill.) *archipelagicus*, Temm.

Temm. Pl. col. t. 542. — In Abyssinien, in Galabat und auf dem Bahr el abiad zwischen dem 4—5° N. B.

***492. *Indicator albirostris*, Le Vaill. (?)**

Vom Bahr el abiad, aus dem Lande der Bari-Neger. (5° N. B.)

(Heuglin.)   4

*493. *Indicator Barianus*, Heugl.

> Vom Lande der Bari-Neger am Bahr el abiad (5° N. B.).

494. *Indicator minor*, Le Vaill.

> Le Vaill. Ois. d'Afr. t. 242. — In Abyssinien und Galabat.

2. Coccyzinae.

495. *Centropus* (Illig.) *senegalensis*, Briss.

> Descript. de l'Egypte t. 4, f. 1. — In Unter-Ägypten in kleinen Gesellschaften.

496. *Centropus Monachus*, Rüpp.

> Rüpp. N. Wirbelth. t. 21, f. 2. — In S.-Nubien, am weissen und blauen Fluss, am Atbara und in Abyssinien.

497. *Centropus superciliosus*, Rüpp.

> Rüpp. N. Wirbelth. t. 21, f. 1. — Südlich vom 18° N. B.

498. *Coccystes* (Glog.) *glandarius*, Linn.

> Descr. de l'Egypte t. 4, f. 2. — In Ägypten, Nubien und Arabien, aber überall einzeln. Am häufigsten traf ich ihn bei Cairo, Siut und Dongola.

3. Cuculinae.

499. *Oxylophus* (Swainson) *afer*, Leach.

> Le Vaill. Ois. d'Afr. t. 209. — Am Bahr el abiad, in Fazoglo und Abyssinien.

500. *Oxylophus serratus* Daud.

> Le Vaill. Ois. d'Afr. t. 208 — Wie der Vorige und einzeln bei Chartum.

*501. *Cuculus* (Linn.) *ruficollis*, Heugl.

> *Cuculus lineatus*, Swainson (?) — *C. solitarius*, Le Vaill. Ois. d'Afr. t. 206 (?) — Einzeln im ganzen Gebiete des Bahr el abiad.

502. *Cuculus canorus*, Linn.

> Buff. Pl. enl. t. 811. — In Arabien, Ägypten und Nubien im Herbst und Frühjahr; einzelne verirrte Vögel bleiben bis Mai in Ägypten, und im Monate August habe ich in Nubien, und bei Chartum im September schon wieder junge Vögel auf dem Rückzuge ins Innere Afrika's angetroffen.

503. *Chrysococcyx* (Boje) *Clasii*, Le Vaill.

> Le Vaill. Ois. d'Afr. t. 212. — Auf dem Bahr el abiad, am blauen Fluss, in Galabat und Abyssinien; nördlich bis ins Mareb-Thal.

504. *Chrysococcyx cupreus*, Lath.

> Vieill. Gal. t. 42. — Im Marebthale und den übrigen abyssinischen Tiefländern und südlich von Fazoglo.

505. *Chrysococcyx auratus*, Le Vaill.

> Le Vaill. Ois. d'Afr. t. 210. — In Abyssinien, Sennaar und am Bahr el abiad.

IV. ORDNUNG. *COLUMBAE* (TAUBENVÖGEL).

Die Tauben heissen auf arabisch „Hamám", die Haustauben „Hamam beti" (حمام بيتى),
die Turteltauben „Gimmrie" (قمرى).

1. Columbinae.

506. *Palumbus* (Kaup) *Livia*, Linn.

Descr. de l'Egyte t. 13, f. 7. — Sturm, Fauna Deutschl. Vög. t. 12. — Temm. Pig. t. 12. — Längs dem Nil bis ins südliche Nubien paarweise und in grossen Flügen. Nistet vorzüglich in Felsen.

507. *Palumbus arquatrix*, Temm.

Le Vaill. Ois. d'Afr. t. 264. — Temm. Pig. t. 5. — In Flügen in den abyssinischen Wald-Regionen.

508. *Palumbus guineus*, Linn.

Temm. Pig. t. 16. — In Abyssinien, Kordofan, Sennaar, Fazoglo etc. Sowohl auf Bäumen als Felsen und Häusern. In Simehn bis auf 10,000 F. hoch.

509. *Palumbus albitorques*, Rüpp.

Rüpp. N. Wirbelth. t. 22, f. 1. — Auf Bäumen und Feldern in ganz Abyssinien. Im März 1853 beobachtete ich ungeheure Flüge dieser Taube auf den Hochebenen der Provinz Woggara.

2. Peristerinae.

510. *Geopelia* (Swainson) *humeralis*, Wagl.

C. abyssinica, Lath. — C. Waalia, Bruce. — Le Vaill. Ois. d'Afr. t. 276. — Temm. Pl. col. t. 191. — In Abyssinien, Sennaar, Fazoglo, Kordofan und am weissen Fluss in grossen Flügen auf Hochbäumen.

511. *Peristera* (Swainson) *chalcospilos*, Wagl.

Rüpp. Syst. Übers. t. 38. — In Sennaar, Abyssinien, Fazoglo und Kordofan. In ungemein grosser Anzahl in der Provinz Galabat.

512. *Turtur auritus*, Ray.

Col. turtur, Linn. — Temm. Pig. t. 42. — In kleinen Gesellschaften und grösseren Flügen im Frühjahr und Herbst in ganz N. O. Afrika.

513. *Turtur risorius*, Linn.

Le Vaill. Ois. d'Afr. t. 268. — Temm. Pig. t. 44. — Einzeln in Ägypten und südwärts bis Abyssinien.

514. *Turtur aegyptiacus*, Temm.

Descr. de l'Egypte Ois. t. 9, f. 3. — Sehr häufig in ganz N. O. Afrika.

515. *Turtur senegalensis*, Linn.

Südwärts vom 21° N. B.

516. *Turtur lugens*, Rüpp.

Rüpp. N. Wirbelth. t. 22, f. 2. — Häufig in den abyssinischen Hochländern.

517. *Turtur semitorquatus*, Rüpp.

Rüpp. N. Wirbelth. t. 23, f. 2. — Nicht selten in ganz Abyssinien, mit Ausnahme der höchsten Gebirge.

518. *Turtur bronzinus*, Rüpp.

Rüpp. N. Wirbelth. t. 23, f. 1. — Von Dr. Rüppell in den Thälern von Simehn beobachtet.

519. *Ectopistes* (Swainson) *capensis*, Lath.

Le Vaill. Ois. d'Afr. t. 273. — Vom 20° N. B. an südlich überall mit Ausnahme der Gebirgsgegenden. Bei Abu-Harahs am blauen Flusse traf ich sie im December 1853 zu vielen Tausenden.

V. ORDNUNG. *GALLINAE* (HÜHNERVÖGEL).

1. Meleagrinae.

520. *Numida* (Linn.) *ptilorhyncha*, Licht.

Rüpp. Syst. Übers. t. 39. — Nicht nördlich vom 16° N. B. — Überall in Steppen, Buschwerk und Wäldern in Ketten oft bis zu Tausenden beisammen. Von mir in Abyssinien nicht höher als etwa 8000 F. beobachtet. Heisst auf arabisch „Didjadj el Wadi" (دجاج الوادي).

2. Perdricinae.

521. *Ptilopachus* (?) (Swainson) *ventralis*, Valenciennes.

Perdix fusca, Vieill. Gal. t. 212. — In bergigen und felsigen Gegenden in Kordofan, Fazoglo und namentlich häufig in der Kolla von W.-Abyssinien. In Ketten bis zu 12 und 15 Stück.

522. *Ptilopachus Heyi*, Temm.

Temm. Pl. col. t. 328. — In zahlreichen Ketten in den Bergen und Vorbergen der sinaitischen Halbinsel, und im nördlichen Theile des eigentlichen Arabien. Heisst in Arabien „Hadjel" (هدجل).

523. *Chacura* (Hodgson) *Chukar*, Gray.

Gray, Ind. Zool. Vol. I, t. 54. — (*Chacura graeca*, Briss.?) — Paarweise und in grossen Ketten in den Gebirgen der sinaitischen Halbinsel. Heisst dort „Senna".

524. *Chacura melanocephala*, Rüpp.

Rüpp. N. Wirbelth. t. 5. — In Ketten in den Felsgebirgen längs der arabischen Küste.

*525. *Francolinus* (Briss.) *Francolinus*, Linn.

Nach Dr. Rüppell (N. Wirbelth. S. 11) im Winter einigemal im Delta beobachtet.

526. *Francolinus Erkelii*, Rüpp.

Rüpp. N. Wirbelth. t. 6. — Nicht selten in den abyssinischen Gebirgen östlich vom Tana-See paarweise und in kleinen Ketten.

527. *Francolinus Rüppellii*, G. R. Gray.

Perdix Clappertonii, Rüpp. Atl. t. 9. — Arabisch „Didjadj el gesch" (دجاج القش). — Häufig in grossen Ketten in Kordofan, Sennaar, Fazoglo und Abyssinien.

*528. *Francolinus icteropus*, Heugl.

Heugl. Beitr. t. 29. — Paarweise auf den Gebirgen von Simehn in Abyssinien gefunden.

529. *Francolinus gutturalis*, Rüpp.

Rüpp. Syst. Übers. t. 40. — Paarweise in den abyssinischen Gebirgen.

530. *Francolinus pileatus*, A. Smith.

Smith, Ill. of Sauth-Afr. t. 14. — In Schoa.

531. *Francolinus rubricollis*, Rüpp.

Rüpp. Atl. t. 30. — In Ketten und paarweise an den Abfällen von Ost-Abyssinien.

532. *Coturnix communis*, Bonnat.

Buff. Pl. enl. t. 170. — Arabisch „Es-seman" (السمان). — Sehr häufig im Herbst an der ägyptischen Küste, zieht aber über den Winter südlich; in Abyssinien um den Tana-See traf ich sie häufig im Januar und März, ebenso im November in Kordofan; im Frühjahre bis Mai in Ägypten und Arabien.

*533. *Coturnix crucigera*, Heugl.

Heugl. Beit. t. 30. — Blos ein Individuum am Bahr el abiad bei den Bari-Negern zwischen dem 4—5° N. B. gefunden.

*534. *Coturnix strictus*, Cuv. (?)

Temm. Pl. col. t. 82. — Bei Ben-Ghasi eingesammelt.

3. Pteroclinae.

Alle Sandhühner heissen auf arabisch „Gátta" (قطا), daher auch der spanisch-maurische Name „Al-cháta".

535. *Pterocles* (Tem.) *Alchata*, Linn.

Buff. Pl. enl. t. 105 und 106. — In der lybischen Wüste bei Ben-Ghasi, Tunis etc. etc.

536. *Pterocles* (Temm.) *senegalensis*, Lath.

Pt. guttatus, Licht. — Buff. Pl. enl. t. 130. — Temm. Pl. col. t. 345. — In Wüsten und Steppen von Unter-Ägypten an südlich überall gemein, oft in ungeheuren Flügen.

537. *Pterocles exustus*, Temm.

Pl. col. t. 354 und 360. — In ganz N. O. Afrika und Arabien.

538. *Pterocles coronatus*, Licht.

Temm. Pl. col. t. 339 und 340. — In Nubien und Kordofan in grossen Flügen.

539. *Pterocles Lichtensteinii*, Temm.

Temm. Pl. col. t. 355 und 361. — Wie der Vorhergehende.

***540.** *Pterocles quadricinctus*, Temm.

Vieill. Gal. pl. 220. — *Pt. fasciatus*, Licht. (?) — Blos einzeln oder in Gesellschaften von 3—6 Stücken in den Wald-Regionen von Sennaar und Abyssinien.

541. *Pterocles gutturalis*, A. Smith.

Smith, Ill. of South-Afr. t. 3 und 31. — Am Mareb, in der Umgegend von Adoa und Axum, und in Schoa.

4. Hemipodinae.

***542.** *Ortyxelos* (Vieill.) *isabellinus*, Heugl.

Heugl. Beitr. t. 31.—*Hemipodius nivosus*, Swains. (?)—*H. Meiffrenii*. Temm. Pl. col. t. 60, f. 1 (?) — Einzeln und paarweise in den Steppen von Kordofan.

***543.** *Turnix* (Bonnat.) *andalusicus*, Gmel.

Hemipod. tachydromus, Temm.— In der Provinz Scherkie in Unter-Ägypten auf Klee-Wiesen beobachtet, ohne eingesammelt werden zu können; in der Gegend von Benghasi und Tripolis häufig eingesammelt.

VI. ORDNUNG. *CURSORES* (LAUFVÖGEL).

1. Struthioninae.

544. *Struthio Camelus*, Linn.

Arabisch „Náameh" (نعامة).

Paarweise in grossen Gesellschaften in Ägypten, Nubien, Kordofan, der abyssinischen Küste und längs des blauen und weissen Flusses. Am häufigsten traf ich ihn in Ost-Sennaar und einzelnen Theilen Kordofans, namentlich bei den Kababisch und Dar-Hammr. — Merkwürdig ist das Baden der Strausse im Meere; an heissen Tagen nämlich sieht man oft grosse Truppen an Sandbänken und flachen Ufern weit vom Lande entfernt, bis um den Oberhals im Wasser stehend, stundenlang an den abyssinischen Küstenländern. In gebirgigen Gegenden kommt der Strauss nie vor, auch zieht er Steppenlandschaft der freien Wüste vor;

er ist, wie überall, äusserst scheu und furchtsam und blos bei Stürmen und Gewitterregen lässt er sich leicht erschleichen.

Die Kraft des Thieres ist ausserordentlich und es setzt sich — in die Enge getrieben — mit seinen Füssen fürchterlich zur Wehre. In der lybischen Wüste und in Mittel-Ägypten nordwärts bis Cairo habe ich nie selbst Strausse beobachtet, doch versicherte mich unter andern ein sehr zuverlässiger Jäger, der Prinz Halim Pascha, dass er, einige Tagreisen von Cairo entfernt, sogar frisch zerstörte Brutplätze derselben gefunden.

2. Otidinae.

545. *Houbara* (Bonap.) *undulata*, Jacq.

Otis Houbara, Linn. — Vieill. Gal. l. 227.   Naum. V. D. t. 170. — Arabisch „Hubara" (حبارى), wie alle übrigen Trappen im Süden. — Nach Rüppell einzeln in N. O. Afrika. In der lybischen Wüste ist sie nicht selten, in Ägypten selbst habe ich sie dagegen nie gesehen und ich fand nur einmal in der Nähe des Djebel Atága am rothen Meere frische Fährten, die möglicher Weise diesem Vogel angehörten.

546. *Houbara Nuba*. Rüpp.

Otis Nuba, Rüpp. Atl. t. 1.   In den Steppen des südlichen Nubien und in N.-Kordofan ziemlich häufig.

547. *Lissotis* (Reichenb.) *melanogaster*, Rüpp.

Rüpp. N. Wirbelth. t. 7. — Rüpp. Syst. Übers. t. 41. — Sehr häufig am Tana-See in Abyssinien, in den Steppen von Ost-Sennaar (bei Djebel Atesch, Kedaref, in Taka etc.), am Bahr el abiad und einzeln in den Kolla-Ländern von W. und N.-Abyssinien.

548. *Lissotis senegalensis*, Vieill.

Otis Rhaad, Lath., — *O. Barrowii*, Gray. — Rüpp. Mus. Senkenb. Vol. II, t. 15. — Häufig in Schoa.

***549. *Lissotis semitorquata*, Heugl.**

Heugl. Beitr. t. 32. — Einzeln in den Steppenländern der Schilluk-Neger am Bahr el abiad.

***550. *Lissotis afra*, Lath.**

L. afroides, A. Smith, Birds of South-Afr. t. 19. — In Fazoglo und Beni Schangollo, wahrscheinlich auch in den Steppen von Ost-Sennaar.

551. *Eupodotis* (Less.) *Arabs*, Linn.

Rüpp. Atl. t. 16. — Häufig in Sennaar, Kordofan, Süd-Nubien und um den weissen Fluss und Sobat. Soll einzeln in Ägypten vorkommen.

Anm. Wenn ich nicht irre, hat Seine Hoheit der Herzog Paul von Würtemberg auch *Otis Caffra* oder *Otis Ludwigii* Rüpp. in Sennaar oder in Kordofan gefunden.

*552. *Otis Tetrax*, Linn.

Naum. V. D. t. 169. — Einzeln im Winter an der ägyptischen Küste, vorzüglich bei Pelusium, el-Arisch etc. Häufiger erhielt ich ihn um die Syrten und im Innern des Cyrenaica.

VII. ORDNUNG. *GRALLATORES* (WADVÖGEL).

A. CHARADRIDAE.

1. Oedicneminae.

553. *Oedicnemus* (Temm.) *crepitans*, Linn.

Buff. Pl. enl. t. 919. — Naum. V. D. t. 172. — Arabisch „Karawán chéti" (كروان حيطى). — Sehr gemein in ganz N. O. Afrika.

554. *Oedicnemus affinis*. Rüpp.

Rüpp. Syst. Übers. t. 42. — An der abyssinischen Küste und an den Ufern des Bahr el abiad, südlich vom 6° N. O.

2. Cursorinae.

*555. *Cursorius* (Lath.) *cinctus*, Heugl.

Heugl. Beitr. t. 33. — Am Bahr el abiad, unterm 4° N. B. aufgefunden.

556. *Cursorius europaeus*, Lath.

C. isabellinus, Auct. — Buff. Pl. enl. t. 795. — Naum. V. D. t. 171. — Arabisch „Karawán gebelli" (كروان جبلى). Familienweise in ganz N. O. Afrika mit Ausnahme der Gebirgsgegenden; in Steppenlandschaft und Wüsten.

557. *Cursorius chalcopterus*, Temm.

Temm. Pl. col. t. 298. — In kleinen Familien am blauen Fluss und in Ost-Sennaar.

558. *Cursorius senegalensis*, Licht.

C. Temminckii Swains. Birds of West. Afr. II. t. 24. — In Flügen am Tana-See in Abyssinien.
Ost-Sennaar und am Tana-See.

559. *Pluvianus* (Vieill.) *aegyptiacus*, Linn.

Deser. de l'Egypte t. 6, f. 4. — Arabisch „teer el temsach" (طير التمساح). Sehr häufig längs des Nil bis zum 12° N. B.

3. Charadrinae.

560. *Glareola* (Briss.) *Pratincola*, Linn.

G. torquata, Buff. Pl. enl. t. 882. — Häufig in ganz N. O. Afrika und im peträischen Arabien; am zahlreichsten auf dem weissen Fluss und in Kordofan im Frühjahr bis zum Anfang der Nil-Überschwemmung.

561. *Glareola limbata*. Rüpp.

  Rüpp. Syst. Übers. t. 43. — In Abyssinien und an der arabischen Küste; ein Exemplar meiner Sammlung ist auch in Nubien bei Dongola eingesammelt worden.

*562. *Glareola melanoptera*, Nordmann.

  G. Nordmanni, Fischer. — *G. brachydactyla* (?) — In kleinen Familien auf Feldern und Wiesen in Ägypten und Nubien. Am häufigsten traf ich sie im October 1851 im Fajum in Mittel-Ägypten.

563. *Vanellus* (Briss.) *cristatus*, Mayer et Wolf.

  Buff. Pl. enl. t. 242. — Naum. V. D. t. 179. — Im Winter und Frühjahr in grossen Flügen und einzeln in Ägypten und Arabien.

564. *Vanellus coronatus*. Linn.

  Buff. Pl. enl. t. 800. — Nach Rüppell ziemlich häufig in Nubien.

565. *Vanellus Villotaei*. Savigny.

  V. leucurus, Licht. — Descr. de l'Egypte t. 6. f. 2. — In Nubien, Sennaar, Kordofan, seltener in Ägypten, wo ich ihn blos im Fajum antraf.

*566. *Vanellus pallidus*, Heugl.

  Heugl. Beitr. t. 34, f. 2. — *Vanellus gregarius*, Pallas (?) — In grösseren Flügen in den Steppen von Ost-Sennaar und Taka.

*567. *Vanellus macrocercus*, Heugl.

  V. gregarius Pallas (?) — Heugl. Beitr. t. 34, f. 1. — An den Ufern und in den Steppen um den Bahr el abiad südlich vom 10° N. B.

568. *Lobivanellus* (Strickland) *melanocephalus*, Rüpp.

  Rüpp. Syst. Übers. t. 44. — In kleinen Gesellschaften in den abyssinischen Gebirgslandschaften.

569. *Lobivanellus senegalensis*. Linn.

  Vanellus lateralis, A. Smith. Ill. of South-Afr. t. 23. — In Abyssinien und am Bahr el abiad.

*570. *Squatarola* (Cuv.) *helvetica*, Briss.

  Naum. V. D. t. 178. — *Vanellus varius*, Briss. — *V. melanogaster*, Bechst. — Im Winter einzeln in Unter-Ägypten.

571. *Hoplopterus* (Bonap.) *spinosus*, Hasselq.

  Descr. de l'Egypte t. 6. f. 3. — Heisst auf arabisch „Siqsaq" (سقاق). — Gemein in ganz N. O. Afrika.

572. *Sarkiophorus* (Strickland) *pileatus*, Linn.

  Buff. Pl. enl. t. 834. — In kleinen Gesellschaften in den Steppen von Nubien, Kordofan und Sennaar.

*573. *Charadrius pluvialis*, Linn.

Ch. auratus, Sukow. — Naum. V. D. t. 173. — Im Winter in Gesellschaften an der ägyptischen Küste.

574. *Charadrius melanopterus*, Rüpp.

Rüpp. Atl. t. 31. — Häufig in Abyssinien, nach Dr. Rüppell auch in Nubien.

575. *Aegialites* (Boje) *cantianus*, Lath.

Naum. V. D. t. 176. — Im Winter in Ägypten und Nubien.

576. *Aegialites hiaticula*, Linn.

Naum. V. D. t. 175. — Descr. de l'Egypte t. 14, f. 1. — Im Winter in Unter-Ägypten.

*577. *Aegialites hiaticuloides*, Heugl.

Heugl. Beitr. t. 35, f. 2. — Einzeln in Abyssinien und Galabat.

*578. *Aegialites auritus*, Heugl.

Am Bahr el abiad, zwischen dem 4 — 6° N. B.

579. *Aegialites minor*, Mayer et Wolf.

Naum. V. D. t. 177. — Buff. Pl. enl. t. 921. — Nicht selten in Ägypten, Nubien und am rothen Meer.

*580. *Aegialites albifrons*, Cuv. (?)

Von Herzog Paul von Würtemberg am blauen Fluss eingesammelt.

*581. *Aegialites cinereocollis*, Heugl.

Heugl. Beitr. t. 35, f. 1. — Aeg. bitorquatus, Licht. (?) — Einzeln an den abyssinischen Gebirgswässern.

582. *Aegialites indicus*, Lath.

Nach Rüppell ziemlich häufig am rothen Meer.

583. *Aegialites Geoffroyi*, Wagl.

Wagl. Syst. Avium. Sp. 19. — Wie der Vorhergehende.

*584. *Aegialites longipes*, Heugl.

Heugl. Beitr. t. 35, f. 3. (Vielleicht identisch mit dem Folgenden.) — Nicht selten in Nubien und am Bahr el abiad.

585. *Aegialites pecuarius*, Temm.

Temm. Pl. col. t. 183. — Nach Rüppell in Ägypten.

*586. *Aegialites ruficollis*, Heugl.

Heugl. Beitr. t. 35, f. 4 und 5. — Am Bahr el asrak und in Kordofan.

4. Cinclinae.

587. *Eudromias* (Boje) *Morinellus*, Linn.

Strepsilas interpres, Ill. — Buff. Pl. enl. t. 856. — Naum. V. D. t. 174. — Im Winter in Ägypten und am rothen Meer. Im December 1851 beobachtete ich grosse Flüge dieser Art zwischen Sakkara und dem Fajum in der Wüste.

*588. *Eudromias asiaticus*, Pall.

> *Charadr. jugularis*, Wagl. — Im Winter an den Küsten des rothen und mittelländischen Meeres.

*589. *Strepsilas* (Illig.) *interpres*, Linn.

> *Morinella collaris*, Mayer. — Naum. V. D. t. 180. — Im Winter bis Monat Mai in kleinen Flügen am mittelländischen Meer. Verlässt Ägypten im vollständigen Hochzeitskleid.

5. Haematopodinae.

590. *Haematopus Ostralegus*, Linn.

> Buff. Pl. enl. t. 929. — Naum. V. D. t. 181. — Einzeln im Winter an der ägyptischen Küste. Das ganze Jahr über gemein am rothen Meer.

591. *Haematopus niger*, Cuv.

> Nach Dr. Rüppell einmal auf der Insel Dahlak im Archipel von Massaua erlegt.

B. ARDEIDAE.

1. Gruinae.

592. *Grus* (Pall.) *cinerea*, Bechst.

> Naum. V. D. t. 231. — Buff. Pl. enl. t. 769. — Überwintert in ungeheuren Schaaren am weissen und blauen Fluss und in Kordofan; im Frühjahr und Herbst auf dem Durchzuge in Nubien und Ägypten.

593. *Grus carunculata*, Lath.

> Nach Dr. Rüppell einzeln in Schoa.

594. *Anthropoides* (Vieill.) *Virgo*, Linn.

> Buff. Pl. enl. t. 241. — Naum. V. D. t. 232. — Arabisch „Raho" (رهو). — Im Winter in unzähligen Schaaren am weissen und blauen Fluss und in Kordofan, wo er vorzüglich von Durrah und Dochen lebt.

595. *Balearica* (Briss.) *paronina*, Linn.

> Buff. Pl. enl. t. 265 (?) — Arabisch „Gharnúb" (غرنوب). — Ich kann nicht bestimmen, ob diese Art wirklich verschieden von *B. regulorum*, vom Caplande ist.
>
> Der Kronenkranich lebt in grossen Schaaren am Tana-See in Abyssinien, am ganzen weissen und blauen Fluss und in Kordofan. Im Sommer scheint er sich mehr nach Süden zu ziehen, doch fand ich einzelne brütende Paare schon in der Nähe der Schilluk-Inseln zwischen dem 12 u. 13° N. B. im November. Weiter im Süden scheint er noch später zu brüten, da ich junge Vögel im März vom Sobat erhielt, die kaum zwei Monate alt sein konnten.

2. Ardeinae.

Die grossen Reiher heissen auf arabisch „Balaschán“ (بلشان).

596. *Ardea cinerea*, Linn.

Buff. Pl. enl. t. 755. — Naum. V. D. t. 220. — Nicht selten in ganz N. O. Afrika.

597. *Ardea purpurea*, Linn.

Buff. Pl. enl. t. 788. — Naum. V. D. t. 221. — In ganz N. O. Afrika einzeln, scheint auch hier zu brüten. Im Herbst 1853 beobachtete ich einen grossen Flug dieser Vögel bei den Ruinen von Sobah am blauen Fluss.

598. *Ardea Goliath*, Rüpp.

Rüpp. Atl. t. 26. — Einzeln am Tana-See, und am weissen und blauen Fluss. (Kommt auch in Süd-Afrika am Port Natal vor.)

599. *Ardea atricollis*, Vieill.

A. *nigricollis*, Auct. — A. Smith. Ill. of South- Afr. t. 86. — Wagl. Syst. Avium Sp. 1. — Nicht selten in Abyssinien und Ost-Sennaar. Hält sich meist auf freiem Felde und nicht am Wasser auf.

600. *Egretta* (Briss.) *alba*, Linn.

Nach Dr. Rüppell in Unter-Ägypten.

601. *Egretta orientalis*, Gray.

Gray, Ind. Zool. Vol. 1, t. 65. — Nach Dr. Rüppell häufig in N. O. Afrika. Ich kenne den Unterschied dieser von der vorhergehenden Art nicht, und alle von mir in Ägypten, Nubien, Abyssinien und am Bahr el abiad erlegten grossen Silberreiher scheinen mir einer und derselben Species anzugehören.

602. *Egretta Garzetta*, Linn.

Naum. V. D. t. 223. — Häufig in ganz N. O. Afrika, vielleicht in zwei Arten, indem ich in Ägypten öfter kleine Silberreiher im schönsten Schmuckkleide erlegte, welche rein weisse Iris hatten, und bei denen die Zehen und fast $\frac{1}{3}$ des Tarsus gelb gefärbt waren. Die kahle Stelle am Auge ist violett.

***603. *Egretta schistacea*, Ehrenb.**

Ehrenb. Symb. t. 6 — A. *albicollis*, Vieill. Gal. t. 253 (?) — An den Ufern des rothen Meeres.

604. *Egretta flavirostris*, Temm.

Wagl. Syst. Avium. Sp. 9. — In Kordofan.

***605. *Egretta concolor*, Heugl.**

Heugl. Beitr. t. 39. — Blos ein Exemplar am Sobat-Flusse eingesammelt.

606. *Egretta ardesiaca*, W a g l.

   W a g l. Syst. Avium Sp. 20. — Am Bahr el abiad.

607. *Buphus* (B o j e) *russatus*, W a g l.

   W a g l. Syst. Avium Sp. 12. — *B. bubulcus*, S a v i g n y , Descr. de
l'Egypte t. 8, f. 1. — Arabisch „Abu Gördán" (ابو قردان).

608. *Buphus coromandelicus.* L i c h t.

   Diese beiden Reiher hält Dr. R ü p p e l l für unbezweifelt verschiedene
Arten, was ich nicht widersprechen kann, da ich keinen ägyptischen
zum Vergleiche bei Handen habe. Ich fand sie sehr häufig in Ägypten,
Nubien, Abyssinien und auf dem weissen Fluss. *B. bubulcus* brütet in
Unter-Ägypten in grossen Gesellschaften in Mimosen-Wäldern im Monate
August.

609. *Buphus ralloides.* S c o p.

   Ard. comata, P a l l a s. — B u f f. Pl. enl. t. 348. — N a u m. V. D.
t. 224. — Einzeln in ganz N. O. Afrika. Am häufigsten traf ich ihn in den
Monaten Juni und Juli zwischen Assuan und Dongola am Nil.

*610. *Buphus leuconotus*, W a g l.

   W a g l. Syst. Avium. Sp. 33. — Sehr einzeln am blauen Fluss.

*611. *Buphus griseus*, B u f f.

   B u f f. Pl. enl. t. 908. — *A. scapularis*, Illig. — Nicht selten in
Nubien und am blauen und weissen Fluss. Ich glaube ihn auch in Abyssinien beobachtet zu haben.

*612. *Ardeola* (B o n a p.) *minuta*, L i n n.

   B u f f. Pl. enl. t. 323. — N a u m. V. D. t. 227. — Einzeln im Herbst
in Nubien, nach Dr. R ü p p e l l auch in Abyssinien, wahrscheinlich auch
in Ägypten.

*613. *Ardeola pussilla.* H e u g l.

   A. cancrophaga, S m i t h, Ill. of South-Afr. t. 91 (?) — Einzeln am
Ufer der Schilluk-Inseln.

614. *Botaurus* (B r i s s.) *stellaris*, L i n n.

   B u f f. Pl. enl. t. 789. — N a u m. V. D. t. 226. — Im Winter und
Frühjahr in Ägypten, am rothen Meer und in Abyssinien; hier vielleicht
Standvogel.

615. *Scotaeus* (K e y s. et B l a s.) *Nycticorax*, L i n n.

   B u f f. Pl. enl. t. 758. — N a u m. V. D. t. 225. — In ganz N. O. Afrika.
Im Süden wohl blos im Winter. Im März und April 1853 begegnete
ich grossen, offenbar im Wandern begriffenen Flügen am Tana-See
in Abyssinien.

*616. *Scotaeus guttatus*, H e u g l.

   Am Sobat-Fluss unterm 9⁰ N. B.

*617. *Scotaeus* (?) . . . . . (?).

In kleinen Flügen am Tana-See in Abyssinien. Kleiner als *Sc. Nycti-corax*, dunkel schiefergrau, mit orangegelben Weichtheilen. Konnte leider nicht erlegt werden.

618. *Scopus* (Briss.) *Umbretta*, Linn.

Paarweise in Sennaar, am weissen Fluss und in Abyssinien. Ziemlich häufig.

619. *Platalea leucorodia*, Linn.

Buff. Pl. enl. t. 405. — Naum. V. D. t. 231. — Arabisch „Abu Málaga“ (ابو مغلقة). — Längs des ganzen Nil; im Winter sehr häufig in Unter-Ägypten. — Vielleicht zwei Arten.

620. *Platalea tenuirostris*, Temm.

Häufig am blauen und weissen Fluss und in den Sümpfen von Kordofan.

*621. *Platalea* . . . . . (?).

In Gesellschaften im südlichen Nubien und längs des Bahr el abiad.

3. Ciconinae.

622. *Anastomus* (Bonnat.) *lamelligerus*, Illig.

Temm. Pl. col. t. 236. — Häufig am Tana-See, dem blauen und weissen Fluss und in grossen Schaaren in den Fulen von Kordofan.

*623. *Balaeniceps rex*, Gould.

Heugl. Beitr. t. 40. — Selten, namentlich während der Regenzeit, am weissen Fluss im Lande der Nuer- und Kitsch-Neger, häufiger an den Flüssen Faf, Nam und Niebohr westlich vom Bahr el abiad; in grossen Schaaren im Schilf und Ambatsch-Gebüsch, auf dem er nistet.

624. *Dromas Ardeola*, Paykul.

Temm. Pl. col. t. 362. — In kleinen Gesellschaften am Ufer des rothen Meeres.

625. *Ciconia alba*, Linn.

Naum. V. D. t. 228. — Arabisch „Badjáh“ (بجح). — In N. O. Afrika als Zugvogel. Überwintert in Durrah-Feldern in Ost-Sennaar in grossen Schaaren.

626. *Ciconia nigra*, Linn.

Buff. Pl. enl. t. 399. — Naum. V. D. t. 229. — In ganz N. O. Afrika einzeln und in kleinen Gesellschaften.

627. *Ciconia leucocephala*, Linn.

Buff. Pl. enl. t. 906. — In Abyssinien und am Bahr el asrak und abiad paarweise.

628. *Sphenorhynchus* (Hempr.) *Abdimii.* Licht.

Rüpp. Atl. t. 8. — Arabisch „Sinbila" (سنبلة). — Überwintert in Abyssinien; in Sennaar, Nubien und Kordofan erscheint er als Verkünder der Regenzeit im Mai und Juni, und verschwindet, nachdem die Jungen flügg geworden sind, im November gänzlich.

629. *Mycteria* (Linn.) *ephippiorhyncha.* Temm.

Rüpp. Atl. t. 4. — Einzeln in Abyssinien und Galabat, häufiger auf dem blauen und weissen Fluss und in den Fulen von Kordofan.

***630.** *Mycteria senegalensis,* Shaw.

Am Bahr el abiad und in Ost-Sennaar.

631. *Leptoptilos* (Less.) *Argala,* Linn.

Temm. Pl. col. t. 301. — Arabisch „Abu-Sen" (ابو سن). — Nicht selten südlich vom 18° N. B. In grossen Flügen zu vielen Hunderten fand ich ihn im April 1853 in den Quellenländern des Rahadflusses.

4. Tantalinae.

632. *Tantalus Ibis,* Linn.

Buff. Pl. enl. t. 389. — Das ganze Jahr über in Sennaar und am weissen Fluss. Während der Regenzeit nördlich bis Ober-Ägypten.

633. *Ibis* (Briss.) *aethiopica,* Lath.

I. religiosa, Cuv. — Arabisch „Naädje" (ناجه). — Im Winter ungemein häufig am Tana-See in Abyssinien; am blauen und weissen Fluss, in Nubien und Kordofan. Brütet nordwärts bis gegen Wadi Halfa, im Juli, — sehr häufig aber bei den Schilluk-Inseln auf dem weissen Fluss im September und October.

634. *Harpiprion* (Wagl.) *carunculatus,* Rüpp.

Rüpp. N. Wirbelth. t. 19. — In grossen Schaaren im Frühjahr auf Wiesen und Feldern in Abyssinien; geht bis 10.000 Fuss hoch. Nach Rüppell während der Winterregen an der abyssinischen Küste.

635. *Harpiprion Hagedash,* Sparrmann.

Vieill. Gal. t. 246. — Nicht selten am blauen und weissen Fluss in Steppenlandschaften.

636. *Geronticus* (Wagl.) *comatus,* Ehrenb.

Rüpp. Syst. Übers. t. 45. — Im Winter an der abyssinischen Küste; im Februar 1853 fand ich ihn auf der Hochebene von Woggara in grossen Flügen, gemeinschaftlich mit *H. carunculata.* Er scheint in Abyssinien zu brüten; der junge Vogel hat ein schmutzigweisses ganz befiedertes Gesicht, und erst am Halse geht diese Farbe nach und nach in die schiefergraue Farbe der Halsbasis über.

637. *Falcinellus* (Ray) *igneus,* Gmel.

Ibis Falcinellus, Vieill. Gal. t. 301. — In ganz N. O. Afrika — vielleicht in zwei sich sehr ähnlichen Arten. — Meine Exemplare von Abyssinien und vom Bahr el abiad sind um $1/4$--$1/5$ kleiner als die europäischen.

C. SCOLOPACIDAE.

638. *Numenius* (Ray) *Arquata,* Lath.

Buff. Pl. enl. t. 818. — Nach Rüppell häufig in Unter-Ägypten und an der abyssinischen Küste im Winter.

639. *Numenius tenuirostris,* Vieill.

Savi, Orn. tosc. II. p. 324. — Im Herbst und Frühjahr im Durchzuge längs des Nil. In Chartum erscheint er schon Ende August und Anfangs September, und im April auf der Wanderung. Bei Alexandria im April in der Wüste in grossen Schaaren beobachtet.

640. *Numenius phaeopus,* Lath.

Buff. Pl. enl. t. 842. — Im Winter in kleinen Gesellschaften längs des Nilstromes.

641. *Numenius syngenicos,* v. d. Mühle (?)

Ein Exemplar vom Cap Rasat.

642. *Glottis chloropus,* Nilson.

Totanus glottis, Auct. — Im Winter häufig, im Sommer einzelner in ganz N. O. Afrika.

643. *Totanus* (Ray) *stagnatilis,* Bechst.

Buff. Pl. enl. t. 876. — Einzeln in ganz N. O. Afrika bis Kordofan und Abyssinien. Ob er im Sommer bleibt, kann ich nicht bestimmt versichern, doch erlegte ich ihn Ende April in Galabat im vollständigen Sommerkleid.

644. *Totanus Calidris,* Bechst.

Descr. de l'Egypte t. 6, f. 1. — In grossen Flügen in ganz N. O. Afrika vom Herbst bis Ende Mai.

645. *Totanus Glareola,* Linn.

Descr. de l'Egypte t. 14, f. 2. — Wie der Vorhergehende, einzeln auch den ganzen Sommer über.

646. *Totanus ochropus,* Linn.

Buff. Pl. enl. t. 843. — Wie die Vorhergehenden, aber einzelner.

647. *Actitis* (Boje) *hypoleucos,* Linn.

Buff. Pl. enl. t. 850. — Der gemeinste Strandläufer in ganz N. O. Afrika, doch ist er wie alle übrigen im Sommer seltener als zur Zugzeit.

648. *Limosa* (Briss.) *aegocephala*, Linn.

L. melanura, Leisl. — Buff. Pl. enl. t. 874. — Vom Herbst bis Ende Frühlings in ungeheuren Flügen längs des Nilgebietes, vorzüglich aber in den Kordofanischen Sümpfen. Verlässt Ägypten im April und Mai im vollkommenen Sommerkleid.

649. *Machetes* (Cuv.) *pugnax*, Linn.

Buff. Pl. enl. t. 305. — Sehr häufig in ganz N. O. Afrika vom August bis Mai. Im August 1852 traf ich bei Dongola viele männliche Vögel im Prachtkleid.

650. *Calidris* (Illig.) *arenaria*, Linn.

Naum. V. D. t. 182. — Im Winter in kleinen Gesellschaften in Unter-Ägypten.

651. *Tringa* (Linn.) *subarquata*, Güldenst.

Buff. Pl. enl. t.851. — Im Winter in Ägypten und am rothen Meer.

652. *Tringa Cinclus*, Linn.

Tr. alpina, Linn. — *Tr. Schinzii*, Brehm. — Buff. Pl. enl. t. 852. — In Ägypten und am rothen Meer vom October bis Ende Mai. Verlässt die Nordküste von Unter-Ägypten im vollkommenen Sommerkleid.

653. *Tringa Temminckii*, Leisl.

Tr. pusilla, Bechst. — Temm. Pl. col. t. 41. — In ganz N. O. Afrika südlich bis zum 10° N. B. beobachtet. Bleibt wahrscheinlich theilweise den Sommer über hier zurück.

654. *Tringa minuta*, Leisl.

Im Winter selten in Ägypten und am rothen Meer.

655. *Recurvirostra Avocetta*, Linn.

Buff. Pl. enl. t. 353. — Vom Herbst bis Frühjahr in N. O. Afrika. Sehr häufig zuweilen in Kordofan und am rothen Meer.

656. *Himantopus* (Briss.) *vulgaris*, Bechst.

Buff. Pl. enl. t. 878. — Das ganze Jahr über in N. O. Afrika, südlich bis Kordofan.

657. *Rhynchaea* (Cuv.) *variegata*, Vieill.

Descr. de l'Egypte t. 14. — *R. bengalensis*, Linn. — Das ganze Jahr über in Ägypten, wo sie im Mai brütet. Im April 1853 schoss ich ein Exemplar in der Kolla West-Abyssiniens.

658. *Ascalopax* (Keys. et Blas.) *Gallinula*, Linn.

Vom Herbst bis Mai nicht selten in Unter-Ägypten. Sie scheint auch dort zu brüten.

659. *Ascalopax Gallinago*, Linn.

Buff. Pl. enl. t. 883. — Im Herbst und Frühjahr in ganz N. O. Afrika.

660. *Ascalopax aequatorialis.* Rüpp.

In Abyssinien. Ich fand sie häufig im Winter auf den Gebirgen von Simehn an Bächen.

*661. *Ascalopax major,* Gmelin.

Im Winter einzeln in Unter-Ägypten.

662. *Scolopax rusticola.* Linn.

Buff. Pl. enl. t. 885. — Im März einzeln in Gärten und Buschwerk bei Alexandria und Rosette.

D. PALAMEDEIDAE.

663. *Parra africana,* Linn.

Swains. Zool. Illustr. Ser. II, t. 6. — Gemein am Tana-See in Abyssinien, auf dem Bahr el abiad zwischen dem 7—9° N. B., seltener in Fazoglo.

E. RALLIDAE.

664. *Crex pratensis.* Bechst.

Rallus Crex, Linn. — Buff. Pl. enl. t. 750. — Im Winter einzeln in Ägypten und Arabien.

665. *Ortygometra* (Leach.) *Porzana.* Linn.

Einzeln in Ägypten, Abyssinien und Sudan. Ob Standvogel, kann ich nicht angeben.

666. *Ortygometra pygmaea,* Naum.

Gallin. Bailloni, Vieill. — Jardine et Selby. Illustr. t. 15. — Nach Rüppell in Ägypten und Arabien.

*667. *Ortygometra fasciata.* Heugl.

Heugl. Beitr. t. 37. — Am weissen Fluss 15° N. B.

*668. *Ortygometra erythropus.* Heugl.

Heugl. Beitr. t. 36. — Am Tana-See in Abyssinien und auf dem Bahr el abiad.

669. *Rallus aquaticus,* Linn.

Im Winter einzeln in Unter-Ägypten.

670. *Rallus (?) abyssinicus.* Rüpp.

Rüpp. Syst. Übers. t. 46. — Gemein in Abyssinien. Ein Exemplar erhielt ich auch vom Bahr el abiad.

671. *Gallinula* (Ray) *chloropus.* Linn.

Buff. Pl. enl. t. 877. — Im Winter in Ägypten und Arabien.

672. *Porphyrio* (Briss.) *aegyptiacus*. Heugl.

P. hyacinthinus, Temm. (?) — Gemein den Sommer über in Unter-Ägypten, vorzüglich in den Seen von Etku, Damiette und in Reisfeldern. Wenn ich mich recht erinnere, fehlt er aber dort im Winter. Mir scheint der ägyptische *Porphyrio* von der südeuropäischen und der in Algerien vorkommenden Art verschieden, da keine Beschreibung ordentlich auf ersteren passt, doch mangeln mir Exemplare des wahren *P. hyacinthinus*, um genaue Vergleichung anstellen zu können; der meinige ist nie blaurückig, sondern der Hinterkopf und Rücken sind mehr pistaziengrün gefärbt; ich habe diese Art hier unter dem Namen *P. aegyptiacus* aufgestellt.

673. *Fulica atra*, Linn.

Buff. Pl. enl. t. 179. — Im Winter in grossen Schaaren auf den Seen Unter-Ägyptens.

674. *Fulica cristata*. Linn.

Buff. Pl. enl. t. 797. Häufig auf dem Tana-See in Abyssinien.

VIII. ORDNUNG. *NATATORES* (SCHWIMMVÖGEL).

A. ANATIDAE.

1. Phönicopterinae.

675. *Phönicopterus* (Linn.) *roseus*. Pall.

Ph. antiquorum, Temm. — Buff. Pl. enl. t. 63. — In grossen Flügen am Mittelmeer und seinen Brackwassern, einzeln auf der Nordhälfte des rothen Meeres und am Nil bis Ober-Ägypten.

676. *Phönicopterus minor*. Vieill.

Vieill. Gal. t. 273. — In zahlreichen Schaaren auf den südlichen Theilen des rothen Meeres, einzeln am Bahr el abiad und am blauen Fluss.

***677. *Phönicopterus erythraeus*, Bonap. (?)**

Häufig in den Syrten und ostwärts bis zum Cap Rasat.

2. Cygninae.

***678. *Cygnus* (Briss.) *Olor*, Linn.**

Im Winter einzeln und in kleinen Flügen in Unter-Ägypten, vorzüglich bei Damiette.

***679. *Cygnus musicus*. Linn.**

Wie der Vorhergehende.

3. Plectropterinae.

Alle Gänse heissen auf arabisch „Wuss" (وزّ).

680. *Plectropterus* (Leach) *gambensis*, Lath.

Mus. Senkenb. Vol. 3, t. 1. — Häufig am Tana-See, am blauen und weissen Fluss.

681. *Sarkidiornis* (Eyton) *melanonotos*, Pennant.

Vieill. Gal. t. 285. — Paarweise und in grösseren Gesellschaften in Schoa, am ganzen blauen und weissen Fluss und den Sümpfen Kordofans.

682. *Chenalopex* (Stephens) *aegyptiaca*, Linn.

Buff. Pl. enl. t. 379. — Naum. V. D. t. 294. — In ganz N. O. Afrika. Häufiger am Nil als in Abyssinien, nicht am Meer.

4. Anserinae.

***683. *Anser* (Briss.) *albifrons*, Pennant.**

Anas erythropus, Linn. — *Anser intermedius*, Naum. V. D. t. 288. — Im Winter zahlreich an den unterägyptischen Seen.

***684. *Bernicla* (Briss.) *Brenta*, Pall.**

Anas torquata, Belon. — Naum. V. D. t. 292. — Im Winter in kleinen Gesellschaften in Unter-Ägypten.

685. *Bernicla cyanoptera*, Rüpp.

Rüpp. Syst. Übers. t. 47. — In Schoa. Im Februar und März traf ich sie nicht selten paarweise auf den Hochebenen von Woggara in Abyssinien an Mooren und Wildbächen, und meist in Gesellschaft von *Harpiprion carunculata* und *Anas leucostigma*.

5. Anatinae.

Die Enten heissen auf arabisch „Bat" (بطّ).

686. *Dendrocygna* (Swainson) *viduata*, Linn.

Buff. Pl. enl. t. 808. — In grossen Flügen am Bahr el abiad und Bahr el asrak, am Tana-See und den Sümpfen Kordofans.

***687. *Dendrocygna arcuata* Cuv.**

Häufig mit der Vorhergehenden in Kordofan.

***688. *Vulpanser* (Keys. et Blas.) *Tadorna*, Linn.**

Naum. V. D. t. 298. — Gemein im Winter in Unter-Ägypten, im März an den Seen der Provinz Fajum, wo er wahrscheinlich brütet.

689. *Casarca* (Bonap.) *rutila*, Pall.

Descr. de l'Egypte t. 10, f. 1. — Naum. V. D. t. 299. — In kleinen Flügen in Unter- und Mittel-Ägypten bis zum Monat Mai. Heisst dort „*Wuss el faraun*".

690. *Poëcilonitta* (Eyton) *erythrorhyncha*. Linn.
>   Smith, Ill. of South-Afr. t. 104. — Nach Rüppell häufig in Sennaar und Abyssinien.

691. *Mareca* (Steph.) *Penelope*. Linn.
>   Buff. Pl. enl. t. 825. — Naum. V. D. t. 305. — Im Winter in Ägypten häufig; nach Rüppell auch in Abyssinien.

692. *Cyanopterus* (Eyton) *Querquedula*. Linn.
>   Buff. Pl. enl. t. 946. — Naum. V. D. t. 303. — Häufig in N. O. Afrika und Arabien.

*693. *Chauliodus* (Swainson) *streperus*. Linn.
>   Naum. V. D. t. 302. — Im Winter ziemlich häufig an den Nilmündungen und den benachbarten Seen.

694. *Dafila* (Leach) *acuta*. Linn.
>   Naum. V. D. t. 301. — In ganz N. O. Afrika südlich bis Kordofan und an dem weissen Fluss. Scheint fast hier zu brüten.

695. *Anas Boschas*. Linn.
>   Buff. Pl. enl. t. 776. — Naum. V. D. t. 300. — Im Winter in Unter-Ägypten, von Dr. Rüppell auch in Abyssinien beobachtet.

696. *Anas leucostigma*, Rüpp.
>   *Anas sparsa*, A. Smith, Ill. of South-Afr. t. 97. — Rüpp. Syst. Übers. t. 48. — Sehr gemein in Abyssinien; nicht westlich vom Tana-See.

*697. *Anas flavirostris*. Smith.
>   Smith, Ill. of South-Afr. t. 96. — In Abyssinien mit der Vorhergehenden.

698. *Anas Crecca*, Linn.
>   Buff. Pl. enl. t. 947. — Naum. V. D. t. 304. — Häufig am Nil und rothen Meer, auch am Tana-See in Abyssinien und den Sümpfen Kordofans beobachtet.

699. *Rhynchaspis* (Leach) *clypeata*, Linn.
>   *Anas clypeata*, Linn. — Buff. Pl. enl. t. 971. — Naum. V. D. t. 306. — Häufig in ganz N. O. Afrika; brütet wahrscheinlich hier.

700. *Oidemia* (Flemming) *fusca*. Linn.
>   Buff. Pl. enl. t. 758. — Naum. V. D. t. 313. — Im Winter einzeln in Unter-Ägypten.

701. *Undina* (Keys. et Blas.) *Mersa*. Pall.
>   Descr. de l'Egypte t. 10, f. 2. — Naum. V. D. t. 315. — Im Winter in den Lagunen von Unter-Ägypten.

*702. *Fuligula* (Ray) *Marila*. Linn.
>   Naum. V. D. t. 311. — Im Winter bis Mai in Unter-Ägypten u. Arabien.

703. *Fuligula cristata*, Ray.

Anas *fuligula*, Linn. — Naum. V. D. t. 310. — Nach Dr. Rüppell im Winter häufig in Abyssinien. Von mir blos in Unter-Ägypten eingesammelt, wo sie den Winter über gemein ist.

*704. *Fuligula Nyroca*, Güldenst.

Naum. V. D. t. 309. — *Anas leucophthalmos*. Bechst. — Nicht häufig im Winter in Unter-Ägypten.

*705. *Fuligula ferina*, Linn.

Naum. V. D. t. 308. — Im Winter in Unter-Ägypten.

B. COLYMBIDAE.

*706. *Podiceps* (Lath.) *cristatus*, Linn.

Naum. V. D. t. 242. — Im Winter einzeln in Unter-Ägypten und um Tunis.

*707. *Podiceps subcristatus*, Jacq.

Naum. V. D. t. 243. — Im Winter einzeln in Unter-Ägypten; auch in den Syrten angetroffen.

708. *Podiceps auritus*, Briss.

Naum. V. D. t. 246. — Im Winter in Unter-Ägypten und am Meerbusen von Suez.

709. *Podiceps minor*, Lath.

Buff. Pl. enl. t. 905. — Naum. V. D. t. 247. — Einzeln an der abyssinischen Küste (Rüpp.). Im Winter 1852—1853 traf ich einzelne Paare am Gebel Atesch in den Steppen von O.-Sennaar an, und erhielt ihn auch von Ägypten und aus dem Golf von Suez.

*710. *Colymbus septentrionalis*, Linn.

Naum. V. D. t. 329. — Einmal in Unter-Ägypten im Winter beobachtet, ohne dass ich ihn erlegen konnte.

C. PROCELLARIDAE.

*711. *Nectris* (Forster) *macrorhyncha*, Heugl.

Heugl. Beitr. t. 41. — Nicht selten an der ägyptischen Küste des Mittelmeeres, wo auch wahrscheinlich *N. cinerea*. Gmel. und *N. puffinus*, Brünnich, vorkommt.

*712. *Nectris obscura*, Gmel.

Selten an der ägyptischen Nordküste. wo ich ein gestrandetes Exemplar fand.

D. LARIDAE.

I. Larinae.

Die Möven heissen auf arabisch „Nurseh" (نورس).

713. *Larus* (Linn.) *marinus*. Gm.
Buff. Pl. enl. t. 266. — Naum. V. D. t. 268. — Einzeln an der Küste des mittelländischen Meeres das ganze Jahr hindurch.

714. *Larus fuscus*. Linn.
Naum. V. D. t. 287. — *L. flavipes*, Mayer et Wolf. — Häufig in Ägypten, sowohl am mittelländischen Meer als am Nil; kommt auch auf seinen Wanderungen bis auf den weissen und blauen Fluss.

715. *Larus cachinnans*. Pall.
Am rothen Meer und bei Damiette.

716. *Larus argentatus*. Brünnich.
Buff. Pl. enl. t. 253. Naum. V. D. t. 266. — Sehr häufig am mittelländischen Meer, einzeln längs des Nils bis Chartum.

***717. *Larus canus*, Linn.**
Naum. V. D. t. 261. — Im Winter einzeln an den Küsten des Mittelmeeres.

718. *Larus Ichthyaëtos*. Pall.
Rüpp. Atl. t. 17. — Am rothen Meer, auf dem weissen Fluss und nach Dr. Rüppell bei heftigem S. O. Wind im Frühjahr bei Cairo. Wahrscheinlich auch an den Küsten des Mittelmeeres.

719. *Larus capistratus*. Temm.
Larus ridibundus, Linn. (?) — Buff. Pl. enl. t. 970. — Das ganze Jahr hindurch in Unter-Ägypten.

720. *Larus leucophthalmos*, Licht.
Temm. Pl. col. t. 366. — Am mittelländischen und rothen Meer.

721. *Larus gelastes*. Licht.
L. leucocephalus, Boisson. — Im Frühjahr in Unter-Ägypten.

***722. *Larus subroseus*. Heugl.**
Heugl. Beitr. t. 42. f. 1. — An den Küsten des rothen Meeres.

***723. *Larus Brehmii*. Heugl.**
Heugl. Beitr. t. 42. f. 2. — Am rothen Meer.

***724. *Larus affinis*. Heugl.**
Heugl. Beitr. t. 42. f. 3. — Im Frühjahr in Ober-Ägypten beobachtet.

***725. *Larus melanocephalus*. Temm.**
Naum. V. D. t. 239. — Im Winter und Frühjahr häufig bei Alexandria.

*726. *Larus minutus.* Pall.

     Naum. V. D. t. 258. — Im Winter und Frühjahr eben nicht selten an der Küste des Mittelmeeres. Im Mai traf ich ihn öfters noch an, und zwar im schönsten Frühlingskleid, woraus ich schliesse, dass einzelne im Sommer gar nicht wegziehen.

2. Rhynchopinae.

727. *Rhynchops* (Linn.) *flavirostris.* Vieill.

     R. orientalis. Rüpp. Atl. t. 24. — In Familien und grossen Flügen längs des ganzen Nils und auf dem blauen Fluss. Scheint sogar in Ägypten zu brüten. Im Spätherbst beginnt er zu wandern und sammelt sich dann zu ungeheuren Schaaren.

3. Sterninae.

728. *Sterna* (Linn.) *Caspia.* Pall.

     Deser. de l'Egypte t. 9, f. 1. — Naum. V. D. t. 248. — Häufig in Ägypten und Nubien.

729. *Sterna Hirundo,* Linn.

     Naum. V. D. t. 252. — Paarweise an der ägyptischen Nordküste im Winter und Frühjahr.

*730. *Sterna macroura.* Naum.

     St. arctica, Temm. — Naum. V. D. t. 253. — Im Winter einzeln an der ägyptischen Küste.

731. *Sterna minuta.* Linn.

     Naum. V. D. t. 251. — Im Winter und Frühjahr in Ägypten, sowohl am Meer als längs des Nils und seiner Canäle.

*732. *Sterna cantiaca,* Gm.

     Naum. V. D. t. 250. — Einzeln bei Damiette, Alexandrien und in den Syrten.

733. *Sterna anglica,* Montag.

     Deser. de l'Egypte t. 9, f. 2. — Naum. V. D. t. 249. — Häufig am Meer und längs des Nils und des weissen und blauen Flusses.

734. *Sterna hybrida,* Pall.

     St. leucopareia, Natterer. — Naum. V. D. t. 255. — Das ganze Jahr hindurch in Ägypten und Nubien. Im Juli schoss ich öfter junge Vögel, die offenbar hier ausgebrütet worden waren.

*735. *Sterna leucoptera,* Savi.

     Naum. V. D. t. 257. — Wie der Vorige.

736. *Sterna nilotica.* Hasselqu.
Häufig in Ägypten und Nubien auf dem Nilstrom (Rüpp.).

*737. *Sterna naevia.* Linn.
Buff. Pl. enl. t. 924. — Längs dem Nil. (Mus. francof.)

738. *Sterna nigra,* Linn.
Naum. V. D. t. 256. — Nicht selten im Winter und Frühjahr an den Küsten des mittelländischen und arabischen Meeres.

739. *Sterna velox.* Rüpp.
Rüpp. Atl. t. 13. — Häufig auf dem rothen Meer, oft in grossen Flügen.

740. *Sterna affinis,* Rüpp.
Rüpp. Atl. t. 14. — Wie die Vorhergehende.

741. *Sterna (Thalassipora,* Boje*) infuscata.* Licht.
Nicht selten am rothen Meer.

742. *Anous (*Leach) *tenuirostris,* Temm.
Temm. Pl. col. t. 202. — An den Küsten und Inseln des rothen Meeres.

E. PELECANIDAE.

743. *Plotus (*Linn.*) Levaillantii,* Temm.
Temm. Pl. col. t. 380. — Einzeln auf dem Tana-See und dem Bahr el asrak und abiad.

744. *Phaëton (*Linn.*) phönicurus,* Gmel.
Buff. Pl. enl. t. 979. — Auf den wärmeren Theilen des rothen Meeres.

745. *Dysporus (*Illig.*) brasiliensis,* Spix (?)
Buff. Pl. enl. t. 973. — (Wohl eine noch unbeschriebene Species.) Häufig auf dem rothen Meer.

746. *Pelecanus Onocrotalus,* Linn.
Naum. V. D. t. 282. — In Ägypten.

747. *Pelecanus crispus,* Bruch.
Anm. Die Pelikane heissen auf arabisch „Gémel el Bahr" (جمل البحر) oder „Abu Schilba" (ابو شلب).
Brandt, Icon. animal. rossic. Aves t. 6. — Häufig in Ägypten und Nubien, ist aber wohl verschieden vom europäischen *crispus.*

748. *Pelecanus rufescens.* Lath.
Rüpp. Atl. t. 21. — Häufig in Nubien, Sennaar und am weissen Fluss, wie auch auf der Südhälfte des rothen Meeres.

749. *Pelecanus minor*, Rüpp.

Rüpp. Syst. Übers. t. 49. — Häufig in Unter-Ägypten (Rüpp.).

*750. *Pelecanus megalophus*, Heugl.

P. *mitratus*, Licht. Abh. der Berliner Akademie, Jahrg. 1838, t. 3, f. 2 (?) — Auf dem Bahr el abiad, südlich vom 8° N. B., einzeln und in kleinen Gesellschaften.

751. *Phalacrocorax* (Briss.) *africanus*, Gmel.

Descr. de l'Egyte. t. 8, f. 2. — Häufig am Nil, am weissen und blauen Fluss und in Abyssinien. Geht nördlich bis zur Meeresküste.

752. *Phalacrocorax pygmaeus*, Pall.

Naum. V. D. t. 281. — Von mir blos in Unter-Ägypten im Winter und Frühjahr angetroffen; nach Rüppell auch in Abyssinien.

753. *Phalacrocorax Carbo*, Linn.

Buff. Pl. enl. t. 927. — Naum. V. D. t. 279. — Häufig im Winter und Frühjahr im Delta und in Ober-Ägypten (Gebel Teer), auch an der arabischen Küste des rothen Meeres.

754. *Phalacrocorax lugubris*, Rüpp.

Rüpp. Syst. Übers. t. 50. — Nach Rüppell häufig in Abyssinien. Ist — wie es scheint — von mir dort übersehen worden.